حياة طويلة ودائمة
(كتاب تمهيدي عن طب نمط الحياة)

Translated to Arabic from the English version of
A Long and Lasting Life

Rhodesia

Ukiyoto Publishing

جميع حقوق النشر العالمية محفوظة من قبل

Ukiyoto Publishing

نشرت في عام 2024

حقوق الطبع والنشر للمحتوى © روديسيا

ISBN 9789367953945

جميع الحقوق محفوظة.

لا يجوز استنساخ أي جزء من هذا المنشور أو نقله أو تخزينه في نظام استرجاع، بأي شكل من الأشكال وبأي وسيلة، إلكترونية أو ميكانيكية أو تصوير أو تسجيل أو غير ذلك، دون إذن مسبق من الناشر.

تم التأكيد على الحقوق المعنوية للمؤلف

يُباع هذا الكتاب بشرط عدم إعارته أو إعادة بيعه أو تأجيره أو تداوله بأي شكل من أشكال التجليد أو الغلاف غير الذي نُشر به دون موافقة الناشر المسبقة.

www.ukiyoto.com

أهدي هذا الكتاب إلى والدتي التي احتفلت مؤخرًا بيوبيلها الماسي، وإلى أطفالي، ليانا وأوسلوغ، على أمل وطيد في أن يستمتعوا هم أيضًا بحياة طويلة ودائمة. موريسو، أهدي هذا الكتاب إلى جميع الأشخاص الذين يرغبون في الاستمتاع بطول العمر ويبحثون باستمرار عن المعرفة أو الصيغة حتى تؤتي ثمارها. قبل كل شيء، أهدي هذا الكتاب إلى القدير، الذي وحده يعرف طول أيامنا على الأرض حتى قبل أن نولد.

إلى جميع الأصدقاء والمرضى الذين قد لا أقابلهم أبدًا، هذا الكتاب لك.

شكر وتقدير

جاءت معظم محتويات هذا الكتاب مما تعلمته في تدريبي الأخير في طب نمط الحياة. أجد أن هذه المعرفة جيدة جدًا بحيث لا يمكن مشاركتها على منصة أوسع، وأختار هذا الكتاب للدعوة إلى نمط الحياة كعلاج للأمراض المزمنة والوقاية منها.

وفي هذا الصدد، أود أن أعرب عن تقديري لمعلمينا في الكلية الفلبينية لطب نمط الحياة ـ الدكتور ميشيل أكيرو بالما، والدكتور إيدن جوساي، والدكتور بيش فرنان-ستا. كروز. شكرًا جزيلاً لك على مشاركة الضوء من مصباحك بصبر. إلى زملائي وزملائي في المجموعة أثناء التدريب، الدكتور باتريك تان، المدرب سيدني نجو، المدرب راجي سيانو، الدكتورة جون آن دي فيرا، الدكتور كينو دافاليس، الدكتور كيم كوباروبياس، الدكتور ما. Olivia Ogalesco، Dr. Nastasha Reyes، Dr. Minnie Rose Estorque، وبقية المجموعة، نشكركم على مشاركة رؤاكم ومضاعفة مسار التعلم لدينا.

أود أيضًا أن أعرب عن تقديري لشركة Ukiyoto Publishing لكونها مفيدة في مشاركة هذا الكتاب مع العالم، و Scribblory من خلال معلمتنا السيدة إلين فاكتور، لتوجيهنا بصبر خلال عملية صنع الكتب. وبالمثل، أتعرف على الأصدقاء الذين التقيت بهم في مشروع Dream Book - Nays و Angie و Doc Abby و Swetha و Ridhima و Zia، لمشاركتهم رؤاهم خلال جلسات التعلم لدينا.

أقر بأن عائلة ميدجيت الفلبين، من المسؤولين الطبيين، إلى قادة الفرق والمساعدين الطبيين لكونهم عائلتي الجديدة التي رعتني ودعمتني في جميع هواياتي وشغفي. شكرًا لكم أيها الأصدقاء والموجهون والزملاء والعائلة. لتكن مباركة بحياة طويلة ودائمة وسعيدة ووفيرة!

تمهيد

يهدف هذا الكتاب إلى أن يكون مقدمة لنمط الحياة كطريقة للوقاية من الأمراض وعلاجها، وفي الوقت نفسه يساعد القراء في تجنب الوفاة المبكرة التي يمكن الوقاية منها والمعاناة من أمراض نمط الحياة. تشمل أمراض نمط الحياة هذه مرض الشريان التاجي والسكتة الدماغية ومرض السكري من النوع 2 والسرطان الذي يصيب المجتمع الحديث. مهما كانت هذه الأمراض والأحداث شائعة في بيئتنا المعاصرة، فهناك أماكن في العالم مثل أوكيناوا وبابوا غينيا الجديدة وريف الصين ووسط إفريقيا وهنود تاراهومارا في شمال المكسيك حيث تكون أمراض الشريان التاجي والأمراض الدماغية الوعائية غير شائعة.

في البحث الشهير الذي أجراه الصحفي دان بوتنر، حدد مناطق معينة من العالم حيث كانت هناك تجمعات غير عادية من الناس الذين يعيشون بعد تسعين عامًا. أطلق على هذه المناطق اسم المناطق الزرقاء، والتي تشمل سردينيا (إيطاليا) وإيكاريا (اليونان) وأوكيناوا (اليابان) ونيكويا (كوستاريكا) ولوما ليندا (كاليفورنيا). في سردينيا، يأكلون الطعام الذي يصطادونه ويصطادونه ويحصدونه، ويبقون قريبين من الأصدقاء والعائلة طوال حياتهم. توجد أدنى معدلات الخرف في إيكاريا، حيث تتمثل العادة في ممارسة الرياضة والنظام الغذائي المتوسطي والفواكه والخضروات وشاي الأعشاب المضاد للأكسدة من إكليل الجبل والمريمية والزعتر ونمط الحياة المريح. في أوكيناوا، يمكنهم تطوير عقلية السماح للتجارب الصعبة بالبقاء في الماضي أثناء الاستمتاع بالملذات البسيطة الحالية، مع اتباع نظام غذائي غني بالخضروات وفول الصويا مثل التوفو وحساء ميسو، والأعشاب مثل الزنجبيل والكركم. في حين أن منطقة البحر الكاريبي آمنة اقتصاديًا أيضًا مع رعاية صحية ممتازة، فإن النيكويين يميلون أيضًا إلى العيش مع عائلات ممتدة، مثل الأطفال أو الأحفاد الذين يقدمون الدعم والشعور بالهدف لكبار السن، مع اتباع نظام غذائي يتكون أيضًا من الاسكواش والذرة والفاصوليا والعشاء الخفيف في وقت مبكر من المساء. أخيرًا، فإن السبتيين في لوما ليندا، كاليفورنيا هم في الغالب نباتيون، ولا يدخنون أو يستهلكون الكحول، بإيمان قوي ومجتمع، ويمارسون الرياضة بانتظام. لقد أثبت هؤلاء الأشخاص، بنمط حياتهم وثقافتهم البسيطة إلى حد ما، على مر القرون مدى فعالية نمط الحياة في تعزيز الصحة وطول العمر.

المبادئ المقدمة في هذا الكتاب أولية إلى حد ما، مع عدم وجود مواد كيميائية أو إجراءات جديدة يجب اتخاذها أو القيام بها، ولكن تم التحقيق فيها في العديد من الدراسات الطولية (الأبحاث التي تم متابعتها بعناية لعقود لرؤية النتائج)، والتجارب السريرية واسعة النطاق (الأبحاث التي تشمل الآلاف من الناس في جميع أنحاء العالم لإثبات الفعالية عبر الثقافات والأعراق). على هذا النحو، ثبت أن هذه الممارسات أو أنماط

الحياة تطيل بشكل فعال متوسط العمر من خلال الحماية من الأمراض الناجمة عن أنماط الحياة غير الصحية. سيكون من الحكمة النظر في وجود عوامل خطر فردية أخرى لتخفيف العمر، مثل الحوادث أو الأمراض المعدية أو الأحداث غير المتوقعة التي لم يتم تغطيتها في نطاق هذا الكتاب.

أخيرًا، يعد طب نمط الحياة مجالًا مزدهرًا للطب يقدم ممارسات قائمة على الأدلة يمكن أن تساعد في التخفيف من أمراض نمط الحياة. في حين أن الأدوية عن طريق الفم يمكن أن تساعد في السيطرة على الأعراض أو تصحيحها مؤقتًا، فإن نمط الحياة الصحي يوفر نتائج مستدامة وطويلة الأمد، وفي بعض الأحيان حتى الشفاء من ارتفاع ضغط الدم أو مرض السكري. يهدف هذا الكتاب فقط إلى تقديم طب نمط الحياة وتعزيزه وتسهيله. لا تحل بأي شكل من الأشكال محل الاستشارة الفعلية مع أخصائي طب نمط الحياة. القارئ مدعو لاستشارة طبيب أو فريق نمط الحياة للحصول على أفضل مساعدة في الحفاظ على نمط حياة صحي للوقاية من الأمراض المزمنة وعلاجها، وطول العمر.

المحتويات

1 الفصل الأول - الأدلة

5 الفصل الثاني - هل أنت مستعد ؟؟؟

10 الفصل الثالث - الركائز الست لطب نمط الحياة

15 الفصل 4 - الأكل بشكل جيد

20 الفصل 5 - النشاط البدني

24 الفصل 6 - النوم التصالحي

29 الفصل 7 - تجنب المواد الخطرة

33 الفصل 8 - إدارة الإجهاد

37 الفصل التاسع - علم النفس الإيجابي

44 الفصل العاشر - الخاتمة

49 المراجع:

52 نبذة عن المؤلف

1

الفصل الأول - الأدلة

"أحمق الطبيب الذي يحتقر المعرفة التي اكتسبها القدماء." ~ أبقراط

أي شخص تفضل أن تكون ؟ شخص يبلغ من العمر 65 عامًا لا يزال يقضي صباحًا هادئًا يمشي في حديقة مع شريكك مدى الحياة، أو مريض سكتة دماغية يبلغ من العمر 65 عامًا لا يزال يعتني به شريكك حتى نهاية حياتك ؟ فتاة تبلغ من العمر 75 عامًا لا تزال تعزف وتحكي قصصًا لأحفادك أثناء مشاهدتهم يكبرون، أو فتاة تبلغ من العمر 50 عامًا توفيت بسبب نوبة قلبية ولم تتمكن من دعم ابنتك لإنهاء شهادتها الجامعية ؟

في حين أن إنهاء جميع قصصنا يبدو أمرًا لا مفر منه في ذلك الوقت، إلا أن هذه ليست سوى النتائج النهائية لسلسلة من الخيارات التي اتخذناها منذ عقود. الخيارات بين أي طعام يجب تناوله - الخضروات أم بطن لحم الخنزير ؟ الخيارات بين كيفية قضاء وقتنا - مشاهدة التلفزيون طوال اليوم أو ممارسة الرياضة لمدة 20 دقيقة في اليوم ؟ هل تتفاعل باندفاع وغضب مع المخالفات البسيطة أو تغمض عينيك وتتنفس وتضع في اعتبارك ؟ هل له غرض في الحياة أم أنه يتأثر بالظروف فقط ؟ هل لديك علاقات ذات مغزى أو تتجنب التفاعلات الاجتماعية ؟ التدخين أو عدم التدخين، وشرب الكحول أم لا، وتذوق المخدرات المحظورة أم لا. كما يقول المثل، لا يمكن فهم الحياة إلا إلى الوراء ولكن يجب أن نعيشها إلى الأمام، ولكن بالنسبة للبعض، قد يكون الإدراك متأخرًا بعض الشيء.

معظم أمراض نمط الحياة تضرب بشكل خبيث. على سبيل المثال، يُعرف ارتفاع ضغط الدم باسم القاتل الصامت. في المراحل المبكرة، قد لا تظهر أي أعراض، ومع ارتفاع ضغط الدم ببطء، تصلب الأوعية الدموية مثل الشرايين، مما يتسبب في أضرار لا رجعة فيها للأعضاء المختلفة مثل القلب والعينين والكليتين، حتى مرة واحدة، لا تستطيع الأوعية الدموية في الدماغ تحمل الضغط والانفجار، وهو حدث يسمى السكتة الدماغية أو نوبة الدماغ، والتي عادة ما تكون قاتلة. أما بالنسبة لجميع أمراض نمط الحياة الأخرى، فإن نسبة السكر في الدم أو الكوليسترول أو ضغط الدم أو حمض اليوريك قد ترتفع بالمثل في البداية، ولكن إذا ارتفعت باستمرار لفترة طويلة من الزمن يمكن أن تسبب تلفًا للأعضاء المختلفة مثل العينين والكليتين والقلب والكبد والدماغ. يمكن أن تتراكم هذه الأضرار التي تلحق بالأعضاء النهائية وتتسبب في فشل الأعضاء النهائية، وهي حالة لا تكون فيها الأعضاء قادرة على أداء وظائفها الحيوية للجسم. عندما تفشل الكلى، سيعتمد الشخص حتماً على

غسيل الكلى مدى الحياة. كما تترتب على ذلك معاناة أخرى مثل عندما تتعرض إمدادات الدم إلى القلب للخطر، يكون هناك ألم شديد في الصدر. وبالمثل، عندما يترسب حمض اليوريك في المفاصل، فإن ألم التهاب المفاصل النقرسي يكون مؤلمًا أيضًا. ما هو أكثر من ذلك هو الإحباط من الوهن بسبب السكتة الدماغية عندما يكون تدفق الدم إلى الدماغ قد تعرض للخطر أيضًا. كل هذا يؤدي في نهاية المطاف إلى زوال سابق لأوانه. هل هذه هي الطريقة التي نريد أن نقضي بها أيامنا الأخيرة على الأرض، عندما تكون إمكانية حياة طويلة ودائمة وجيدة في متناول أيدينا ؟

ومع ذلك، بالنسبة لشيء حيوي وشخصي مثل صحتنا وطول العمر، يجب أن يستند أي تدخل نقوم به إلى دليل قوي. هناك قول مأثور في الطب يسمى primum non أو nocere أو first do no harm، ويتطلب قاعدة معرفية قوية وموثوقة في كل إضافة أو حذف للتدخل. وبالتالي من الضروري الإجابة أولاً على الأسئلة: ما مدى تأكدنا من جميع ادعاءاتنا ؟ هل هي الحقيقة ؟ هل هذه فعالة حقًا ؟ كيف يمكننا إثبات ذلك ؟ ما هو دليلنا ؟

الدليل على نمط الحياة كعامل خطر قابل للتعديل مرتبط باحتشاء عضلة القلب والسكتة الدماغية قوي. في دراسة Interheart التي حللت بيانات من 52 دولة ونشرت في مجلة لانسيت ذات السمعة الطيبة في عام 2004، وجدوا أن التدخين والسمنة في البطن والعوامل النفسية والاجتماعية تزيد من خطر الإصابة بنوبة قلبية، في حين أن الاستهلاك اليومي للفواكه والخضروات والنشاط البدني المنتظم وقائي. وبالمثل، في دراسة إنترستروك التي نشرت في مجلة لانسيت في عام 2016 وامتدت إلى 22 دولة، أظهروا أن ارتفاع ضغط الدم، والتدخين، ونسبة الخصر إلى الورك، ودرجة مخاطر النظام الغذائي، وتناول الكحول، والإجهاد النفسي والاجتماعي هي عوامل خطر للإصابة بالسكتة الدماغية، أو نوبة دماغية بسبب انسداد الأوعية الدموية التي تغذي منطقة معينة من الدماغ. من ناحية أخرى، كان ارتفاع ضغط الدم والتدخين ونسبة الخصر إلى الورك والنظام الغذائي وتناول الكحول عوامل خطر كبيرة للسكتة الدماغية النزفية، وهي حالة مميتة حيث يتمزق الأوعية الدموية داخل الدماغ.

على العكس من ذلك، هل يمكن لنمط الحياة الصحي عكس أمراض القلب التاجية ؟ قد يكون هذا تأكيدًا شاقًا، لكن تجربة Lifestyle Heart المنشورة في مجلة لانسيت في عام 1998 أظهرت أنه حتى في غياب أدوية خفض الكوليسترول، انخفض بشكل كبير انسداد الأوعية الدموية في قلب أولئك الذين خضعوا لنظام غذائي نباتي منخفض الدهون، والإقلاع عن التدخين، والتدريب على إدارة الإجهاد، وممارسة التمارين الرياضية المعتدلة. كانت نقطة النهاية هذه المتمثلة في تقليل الانسداد أو فتح الأوعية الدموية التي تغذي القلب تعتبر ذات مرة قابلة للتحقيق فقط عن طريق رأب الأوعية الدموية وطعم مجازة الشريان التاجي، وهي إجراءات جراحية بمخاطرها المصاحبة وتكاليفها المذهلة التي لا يمكن للكثيرين الوصول إليها. علاوة على ذلك، تظهر الدراسات كذلك أنه حتى بعد النوبة القلبية،

يقلل النظام الغذائي المتوسطي من خطر الإصابة بنوبة قلبية أخرى كما هو موضح في دراسة ليون للحمية القلبية المنشورة في مجلة الدورة الدموية في عام 1999.

بعد وفاة الرئيس الأمريكي فرانكلين روزفلت في زمن الحرب بسبب السكتة الدماغية النزفية وأمراض القلب الناجمة عن ارتفاع ضغط الدم في عام 1945، تم استثمار الأموال والجهود لدراسة وتحديد الأسباب والعلاج المحتمل لارتفاع ضغط الدم وأمراض القلب والسكتة الدماغية. قبل ذلك، تم قبول الوفاة المبكرة بسبب ارتفاع ضغط الدم وأمراض القلب على أنها أمر لا مفر منه. بين عامي 1948 و 1952، تم تضمين حوالي 5000 موضوع في دراسة استمرت لعقود بعد ذلك. حددت دراسة فرامنغهام للقلب أخيرًا أن هناك عوامل خطر لارتفاع ضغط الدم والنوبات القلبية والسكتة الدماغية، ويمكن تعديل بعض عوامل الخطر هذه أو تجنبها للوقاية من هذه الأمراض القاتلة. ووجدوا أن تدخين السجائر والسمنة والخمول البدني مرتبطة بأمراض الشريان التاجي، وكذلك ارتفاع ضغط الدم والسكري وارتفاع مستويات الكوليسترول. يرتبط ارتفاع ضغط الدم وعدم انتظام ضربات القلب بخطر الإصابة بالسكتة الدماغية. بسبب علاج ارتفاع ضغط الدم وخفض الكوليسترول والإقلاع عن التدخين وحملات نمط الحياة الصحي، انخفضت الوفيات بسبب أحداث القلب والأوعية الدموية خلال 50 عامًا.

ونتيجة لدراسة فرامنغهام للقلب، أظهرت دراسة متابعة المهنيين الصحيين أن غياب التدخين، ومؤشر كتلة الجسم أقل من 25، والنشاط البدني لمدة 30 دقيقة في اليوم، واستهلاك الكحول المعتدل يمكن أن يقلل من خطر الإصابة بأمراض القلب والأوعية الدموية بنسبة 87 ٪. أظهرت تجربة تدخل عوامل الخطر المتعددة (MRFIT) كذلك أن أولئك الذين يعانون من حالة عامل خطر منخفض لديهم متوسط عمر متوقع أكبر من ست إلى عشر سنوات، وانخفاض خطر الإصابة بأمراض القلب والأوعية الدموية، وانخفاض خطر الوفاة بنسبة 40-80 ٪. وبالمثل، أظهر مشروع الكشف عن جمعية شيكاغو للقلب أن عوامل الخطر الأقل خلال منتصف العمر تعادل جودة حياة أفضل في الأعمار الأكبر، وتكاليف أقل بسبب المرض والإعاقة.

هناك تجربة مستقبلية أخرى امتدت لعدة عقود وهي دراسة صحة الممرضات، التي نشرت نتائجها في عام 2005 وأظهرت أنه يمكن الوقاية من أكثر من 50 ٪ من حالات السرطان من خلال تبني أسلوب حياة صحي. وأظهرت أن تناول الكحول كان مرتبطًا بزيادة خطر الإصابة بسرطان الثدي بغض النظر عن عوامل الخطر الأخرى، في حين أن النشاط البدني قلل من خطر الإصابة بسرطان الثدي خاصة لدى النساء بعد انقطاع الطمث. ويوصون بعدم التدخين، وزيادة النشاط البدني، والحفاظ على الوزن الصحي، واتباع نظام غذائي غني بالفواكه والخضروات والحبوب الكاملة والألياف، وانخفاض الدهون المشبعة وغير المشبعة، وتناول الفيتامينات المتعددة كل يوم، وتجنب استخدام العلاج الهرموني بعد انقطاع

الطمث على المدى الطويل. في الواقع، لقد تبين أن 80 ٪ من جميع الوفيات المبكرة ناتجة عن ثلاثة عوامل فقط: التبغ وسوء التغذية والخمول البدني.

تجدر الإشارة إلى أن الدراسات المذكورة هنا ليست دراسات معزولة أو شهادات أو أبحاثًا صغيرة الحجم. تتضمن هذه الدراسات أعدادًا كبيرة من الأشخاص بحيث يمكن أن تعكس النتائج والاستنتاجات ما قد يكون صحيحًا لعامة السكان. معظم هذه الدراسات هي مجموعة، مما يعني أنه تتم متابعة المشاركين أو الأشخاص المشمولين في الدراسة بعد عدة سنوات، لإثبات السببية، أو وجود صلة مباشرة بين العوامل التي تم النظر فيها والآثار المحتملة. يتم نشر هذه الدراسات أيضًا في المجلات ذات السمعة الطبية، مما يعني أنها خضعت لمراجعة الأقران أو التدقيق في هيئة التحرير والمتخصصين الآخرين قبل النشر. على الرغم من بساطة النتائج والأساليب، فقد خضعت الاستنتاجات لأبحاث مضنية على مدى عدة سنوات ليتم تحديدها.

للمضي قدمًا، فإن دراسة صحة السبتيين المنشورة في المجلة الأمريكية للتغذية السريرية في عام 2014 هي دراسة جماعية كبيرة، تمت متابعتها عبر الزمن. وأظهروا أن النظم الغذائية النباتية كانت مرتبطة بانخفاض مؤشر كتلة الجسم (BMI)، وانخفاض فرصة الإصابة بداء السكري، ومتلازمة التمثيل الغذائي، وارتفاع ضغط الدم، والسرطان. برنامج الوقاية من مرض السكري المنشور في رعاية مرضى السكري في عام 2002 هو أيضًا تجربة سريرية عشوائية واسعة النطاق أجريت في 27 مركزًا لتحديد ما إذا كان نمط الحياة الصحي أو دواء الميتفورمين يمكن أن يمنع أو يؤخر ظهور مرض السكري لدى المرضى الذين يعانون من ضعف تحمل الجلوكوز. ووجدوا أن التدخل في نمط الحياة قلل من ظهور مرض السكري بنسبة 58 ٪ مقارنة بالميتفورمين الذي قلل من ظهوره بنسبة 31 ٪ فقط.

كما هو موضح أعلاه، هناك أغلبية ساحقة من الأدلة التي تبين فعالية نمط الحياة الصحي في الوقاية والتخفيف من أمراض نمط الحياة التي تتراوح بين ارتفاع ضغط الدم ومرض السكري والسكتة الدماغية وأمراض الشريان التاجي والسرطان. حتى وأنت تقرأ، يتم إجراء الدراسات باستمرار بدقة للتحقق من قاعدة المعرفة والأدلة. نظرًا للدليل القوي، تم بالفعل دمج طب نمط الحياة كطريقة للعلاج والوقاية من الخط الأول والمساعد في المبادئ التوجيهية الطبية بشأن إدارة الأمراض المزمنة. إن الحفاظ على نمط حياة صحي هو في الواقع بسيط وأساسي، ولكن ثبت بما لا يدع مجالًا للشك المعقول أنه يؤدي إلى سنوات إضافية لحياتنا.

الفصل الثاني - هل أنت مستعد ؟؟؟

"من المهم للغاية معرفة الشخص الذي يعاني من المرض أكثر من معرفة المرض الذي يعاني منه". - أبقراط

تبدأ فوائد نمط الحياة الصحي بتغيير العادة، وهو إجراء سيؤدي عند استمراره إلى إحداث تأثير إيجابي على صحتنا وطول العمر. قد يكون الإقلاع عن التدخين، أو دمج المزيد من الخضروات في وجباتنا اليومية، أو النوم 7 ساعات في اليوم، أو القيام بنشاط بدني معتدل لمدة 20-30 دقيقة في اليوم. ومع ذلك، سيبدأ بالتغيير، وبالنسبة لنا نحن البشر الذين هم مخلوقات من العادة، قد لا يكون التغيير أمرًا سهلاً.

في كثير من الأحيان في وقت مبكر جدًا، يتم تصنيف الناس على أنهم يائسون أو غير قادرين على التغيير، في حين أن الحقيقة هي أنهم ليسوا بعد في مرحلة جاهزة للتغيير. في طب نمط الحياة، نتبع استعداد الشخص للتغيير وفقًا للنموذج النظري. تم تطوير هذا النموذج المعروف باسم نموذج مراحل التغيير، من قبل بروشاسكا وديكليمنتي في أواخر السبعينيات أثناء دراسة المدخنين الذين يمكنهم الإقلاع عن التدخين بمفردهم عندما يكونون مستعدين بالفعل. يوضح هذا النموذج التغيير السلوكي على أنه ليس شيئًا يقوم به الفرد بشكل حاسم في أي لحظة، ولكنه قد يمر بمراحل. وتشمل المراحل: التأمل المسبق، والتأمل، والإعداد، والعمل، والصيانة، والانتكاس، والإنهاء.

في مرحلة ما قبل التأمل، لا يكون العقل منفتحًا بعد على إمكانية التغيير. قد لا يكون الشخص على دراية بفوائد العمل أو مخاطر التقاعس عن العمل، والحوارات الشائعة هي، لا أستطيع، لن أفعل، أرفض، لا أعتقد أنني بحاجة إلى التغيير، ولا أريد التحدث عن ذلك. دعونا نستكشف قضية جورج، وهو مدخن يبلغ من العمر 35 عامًا يدخن 10 سجائر يوميًا لمدة 15 عامًا. قد يقول: "لا أعتقد أنني بحاجة إلى التوقف عن التدخين لأنني أشعر أنني على ما يرام وفي قمة مستواي. [NEUTRAL]: أبدو جيدًا ورجوليًا أثناء التدخين، وأرى العديد من كبار السن ما زالوا يدخنون ". الهدف هنا هو زيادة وعي الشخص من خلال التعريف التدريجي بوعيه بإمكانية التغيير وفوائده وقدرته على تبني التغيير. لذلك قد نريه آثار التدخين، على سبيل المثال، "هل تعلم يا جورج أن التدخين يمكن أن يسبب العجز الجنسي لأنه يعيق تدفق الدم ويضر بالأوعية الدموية ؟" يمكننا أيضًا أن نريه من خلال مقاطع الفيديو الأشخاص الذين يعانون من انتفاخ الرئة ولا يستطيعون التنفس، والذين لديهم بالفعل سرطان

الرئة والفم، أو أولئك الذين تكون أطرافهم البعيدة سوداء بالفعل بسبب مرض بورغر. ثم يمكننا أن نظهر له أنه يمكنه تجنب ذلك، وتقليل احتمال المعاناة، وزيادة عمره من خلال تثقيفه حول الآثار الخطرة للتدخين، وإمكانية عكس هذه الآثار عن طريق الإقلاع عن التدخين.

في المرحلة التالية التي تسمى مرحلة التأمل، يكون عقل الشخص منفتحًا بالفعل على التغيير، لكنه غير متأكد من كيفية القيام بذلك أو لم يلتزم بالتصرف. وهو يدرك أن سلوكه يمثل مشكلة، ويقر بأن هناك حاجة لتغييره. الحوار المشترك إن جاز لي. لنسمع جورج مرة أخرى - "أوه، فهمت. نعم. وصديقتي تعتقد أيضًا أن رائحتي كريهة عندما أدخن، وهي قلقة من أن ذلك قد يؤثر على أطفالنا في المستقبل. لكن كما ترى، زملائي في الفرقة يدخنون، وسأبدو غير لطيف إذا توقفت عن التدخين. في بعض الأحيان عندما لا يكونون في الجوار، أحاول الحد من التدخين، لكنني أتوق لذلك ". في هذه المرحلة، نهدف إلى التحقق من صحة مشاعر الشخص بصعوبة التغيير، لكنه سيدرك أن فوائد التغيير تفوق المخاطر.

المرحلة الثالثة هي مرحلة التحضير، عندما يتخذ الشخص بالفعل خطوات صغيرة نحو تغيير السلوك، ويعتزم التصرف في غضون الثلاثين يومًا القادمة. في هذه المرحلة، يكون الشخص قد أدرك بالفعل أن تغيير السلوك يمكن أن يؤدي إلى نتائج إيجابية، ولديه القدرة على القيام بذلك. الحوارات هنا هي: يمكنني، وسأفعل، وأريد أن أفعل... في هذه المرحلة، يجب أن نساعد الشخص في إنشاء خطة عمله. بعد أن أخبر زملائه في الفرقة برفق عن تفكيره في الإقلاع عن التدخين استعدادًا لزفافه، اكتشف جورج أن زملائه في الفرقة يدعمونه. أخبرهم بما قاله طبيب نمط الحياة فيما يتعلق بمخاطر التدخين، وبدا أنهم يريدون أيضًا الإقلاع عن التدخين. سعى للحصول على مساعدة خطيبته كشريكه في المساءلة، ووجد أيضًا مواقع ومجموعات استقالة وخطوط استقالة يمكن أن تساعده في قراره. كما تم إعطاؤه وصفة طبية لمعالجة الرغبة الشديدة في النيكوتين. وبدعم من أحبائه والمجتمع، قال لنفسه: "سيكون التدخين شيئًا من ماضيّ".

في المرحلة الرابعة أو مرحلة العمل، يقوم الشخص بالفعل بهذه العادة لمدة 6 أشهر. يقول الشخص هنا، أنا... الهدف هو أن يستمر في تغيير السلوك لمدة 6 أشهر أو أكثر من خلال مكافأة السلوك الإيجابي، والاحتفال بالانتصارات، وتقليل المحفزات التي تذكر بالسلوك السلبي، وتحديد العلاقات الصحية التي ستدعم تغيير السلوك. الآن، لم تكن الأشهر الستة الأولى من استقالة جورج سهلة. كانت هناك أوقات لا يزال يشعر فيها أن السجائر تعادل رجولته، لكن صديقته أكدت له مرارًا وتكرارًا أنها ليست كذلك. عندما كان أعضاء من فرق أخرى يدخنون في حفلة موسيقية، شعر بلعابه وكان يميل إلى تدخين واحد فقط، لكن زملائه في الفرقة ذكروه بزفافه القادم وقراره. يحتفل هو وصديقته كل شهر بأنه خالٍ

من التدخين كشهر، وتمت إزالة كل الأشياء التي تذكره بالتدخين مثل منفضة السجائر، أو الولاعة من منزله.

في المرحلة الخامسة، والتي تسمى أيضًا مرحلة الصيانة، استمر الشخص في تغيير السلوك لمدة 6 أشهر على الأقل. الحوار هنا هو أنني ما زلت، أو ما زلت أفعل، أو ما زلت أفعل... التحدي هنا هو الملل وخطر الانزلاق تدريجيًا إلى عادات غير صحية، وهو حدث نسميه الانتكاس. وبالتالي، يجب أن ندعم باستمرار الشخص الذي يسعى إلى تغيير السلوك حتى عندما يكون قد نجح باستمرار خلال الأشهر الستة الماضية. الهدف هنا هو أن يتم السلوك الإيجابي بشكل مستمر، ومنع الانتكاس إلى السلوك السلبي. كان جورج خاليًا من التدخين لمدة 6 أشهر بالفعل خلال حفل زفافه. وقدرت زوجته حقًا التغييرات التي طرأت عليه، والسلامة التي جلبتها إلى منزلهم وأطفالهم في المستقبل. حتى لو استمر في تغيير السلوك لبعض الوقت، استمرت زوجته وزملاؤه في الفرقة، وأيضًا رجال العريس، في دعم استقالته، حيث أصبح نموذجًا يحتذى به بالنسبة لهم.

المرحلة النهائية، أو الإنهاء، هي عندما يغرس المرء عادة صحية أو إيجابية قوية بما فيه الكفاية، بحيث لم يعد يفكر في العادات غير الصحية السابقة أو الخوف من أنه قد يميل إلى القيام بذلك مرة أخرى. أصبح جورج الآن أبًا، ولم يستطع حتى تخيل جلب الدخان إلى منزله، مما أضر بالرئتين الهشتين لملاكه الصغير. حتى فكرة سيجارة كانت مثيرة للاشمئزاز بالنسبة له. في تلك المرحلة من حياته، أراد فقط أن يكبر مع زوجته، ويرى ملاكه الصغير يكبر، ويذهب إلى المدرسة، ولديه أصدقاء، ويعمل، وينجح، ويتابع شغفها، ولديه عائلة خاصة بها. أراد أن يكون هناك من أجلها من خلال كل شيء، وأن يكون الأب الذي يسير في الممر معها.

من الحكمة أن نتذكر أن الأمر يستغرق 21 يومًا لتطوير عادة و 21 شهرًا لتطوير نمط حياة، وهدفنا النهائي هو إطالة العمر من خلال الحفاظ على نمط حياة صحي. يتبنى الناس أيضًا التغيير لأنه يتماشى مع قيمهم، ويعتقدون أنه يستحق العناء، ويعتقدون أنهم يستطيعون، ويعتقدون أنه مهم، وهم مستعدون له، ويجب أن يتحملوا المسؤولية، ولديهم خطة واضحة ودعم اجتماعي قوي. لذلك يجب أن نعطي الوقت للشخص للتغيير، والمعلومات والتعليم المناسبين، والدعم الاجتماعي والطبي الكافي قبل وأثناء وبعد فترة طويلة من رحلته في التغيير السلوكي، حتى لا يميل إلى الانتكاس إلى حالته السابقة.

عند وضع أهداف نمط الحياة، تذكر أن تبقيها ذكية: محددة وقابلة للقياس وقابلة للتحقيق وذات صلة ومحددة زمنيًا. لا تضع أهدافًا غامضة أو سامية للغاية بدون موعد نهائي، لأن هذا قد يؤدي إلى الفشل أو الإحباط. بدلاً من ذلك، قم بتشكيل الأهداف في شكل تغيير سلوكي، أو إجراء تعد نفسك بالقيام به لفترة محددة، والتي عند القيام بها باستمرار ستساعد في تحقيق رؤيتك لحياة طويلة وصحية أو لياقة بدنية رائعة. على سبيل المثال،

سأتناول 3 حصص من الخضروات كل يوم لهذا الأسبوع، أو سأنام 7 ساعات يوميًا لهذا الأسبوع، أو سأمشي بسرعة لمدة 30 دقيقة يوميًا للأيام الخمسة القادمة. سيساعد أيضًا في تقييم مستوى ثقتك ومستوى أهميتك لكل هدف على مقياس من 1 إلى 10، 10 هو الأكثر ثقة والأكثر أهمية، و1 هو الأقل ثقة والأقل أهمية.

دعونا نجري تمرينًا بسيطًا. املأ الجدول التالي. أولاً، حدد 3 جوانب من حياتك أو نمط حياتك تريد تغييرها. بعد ذلك، حدد في أي مرحلة من مراحل النموذج النظري أنت الآن. بعد ذلك، حدد مستوى ثقتك ومستوى أهميته بالنسبة لك. أخيرًا، صمم هدف نمط حياتك الذكي.

مستوى الأهمية	مستوى الثقة	المرحلة	تغيير نمط الحياة
			1.
			2.
			3.

أهدافي في SMART هي:

1. _____

2. _____

3. _____

تهانينا على خطوتنا الأولى لتغيير نمط حياة صحي! هدفنا هو الحفاظ على هذه العادات لمدة 6 أشهر، ثم بشكل مستمر لمدة 21 شهرًا القادمة ليتم غرسها في نمط حياتنا. يبدأ خيارنا اليوم، وكذلك عملنا ومثابرتنا. ستشكرنا ذواتنا المستقبلية على هذا التحول في نمط الحياة الصحي الذي نقرر الآن متابعته.

الفصل الثالث - الركائز الست لطب نمط الحياة

"أعظم دواء على الإطلاق هو تعليم الناس كيف لا يحتاجون إليه" - أبقراط

https://www.midlandhealth.org/Uploads/Public/Images/Slideshows/Banners/6%20Pillars%20-%20LMC.jpg

عندما اكتشف ألكسندر فليمنج البنسلين في عام 1928، فتح عالمًا معجزة حيث يمكن علاج الالتهابات بمجرد تناول المضادات الحيوية في شكل حبوب. قبل ذلك، حتى الجرح المصاب الصغير يمكن أن يؤدي إلى تفاقم وتسبب الوفاة المبكرة لكثير من الناس، وخاصة أولئك الذين لديهم ضعف في جهاز المناعة. في الوقت الحاضر، حتى الالتهابات في الرئتين (الالتهاب الرئوي) أو الجلد أو المسالك البولية يمكن علاجها بسهولة بمشتقات البنسلين.

بعد عقود من الزمن، لا تشكل الأمراض المعدية تهديدًا خطيرًا للبشرية. تحول تهديد الصحة العامة من الأمراض المعدية إلى الأمراض غير المعدية. في حين أن الأمراض المعدية تسببها الميكروبات بشكل حاد أو مفاجئ ويمكن أن تنتقل من شخص إلى آخر، فإن الأمراض غير المعدية عادة ما تكون مزمنة أو طويلة الأمد، ناجمة عن نمط حياة غير صحي، وعادة ما لا تنتقل إلى أشخاص آخرين. وتشمل هذه ارتفاع ضغط الدم (زيادة مستمرة في ضغط الدم)، ومرض السكري (ارتفاع مزمن في نسبة السكر في الدم)، ومرض الشريان

التاجي (تضييق أو انسداد في الأوعية الدموية التي تغذي القلب)، والسكتة الدماغية (إما انسداد في الأوعية الدموية التي تغذي الدماغ أو تمزق الأوعية الدموية في الدماغ). ومع ذلك، فإن سحر حبوب المضادات الحيوية متجذر في الثقافة البشرية، وسعى حتى خلال العصر الحديث للأمراض غير المعدية. في حين أن الأدوية التي تخفض نسبة الكوليسترول في الدم والسكر تساعد بالفعل في تقليل خطر تلف الأوعية الدموية والأعضاء الأخرى، إلا أنها لا تستهدف السبب الجذري، وهو نمط الحياة غير الصحي.

دعونا نضع الأمر على هذا النحو: إذا كان لديك كتلة أنسجة رخوة على الذراع، فلا يمكن لأي كمية من الدواء إزالة ذلك ؛ يجب إجراء عملية جراحية. وبنفس الطريقة، عندما يكون لديك كسر في الساق، يجب إما وضع جبيرة وانتظار لم شمل العظام وشفائها، أو تثبيت العظام بمسامير ؛ ولكن لا يمكن لأي كمية من الحبوب توصيل تلك العظام. وبالمثل، إذا كان جذر مشاكلنا الحالية هو نمط حياة غير صحي، فإن الإجابة هي تصحيح نمط الحياة وليس فقط تناول الحبوب لتنظيم تأثير نمط الحياة غير الصحي هذا. الأمر أشبه بمسح الأرض باستمرار مع فيضان الحوض، عندما يكون الحل الحقيقي هو إيقاف تشغيل الصنبور.

لسوء الحظ، هذه هي الطريقة التي تعاملنا بها مع أمراض نمط الحياة لعقود. انتشرت الأدوية الفموية والإجراءات الغازية مثل المجازة ورأب الأوعية الدموية في إدارة أمراض نمط الحياة، دون الاستفادة أولاً من تعديل السلوكيات المسببة للمرض. على سبيل المثال، قد يضطر المريض الذي يتناول أدوية تقلل من مستوى الكوليسترول، ولكنه يستمر في تناول نسبة عالية من الدهون والكوليسترول العالي والسعرات الحرارية العالية مثل الوجبات السريعة، إلى زيادة جرعة أدويته بسبب الفشل الملحوظ للدواء، في حين أن المشكلة الحقيقية هي نمط الحياة. شخص آخر، قد يرغب في التحكم في ضغط دمه، يأخذ دينيًا خافض ضغط الدم كل يوم، لكنه يستمر في التدخين وتناول الرقائق المالحة والصودا أثناء تناوله على Netflix بدلاً من تناول الفواكه والخضروات، وممارسة النشاط البدني الكافي والامتناع عن التدخين، قد يضطر إلى زيادة جرعة أدويته بمرور الوقت بسبب التلف المستمر لجدار الأوعية الدموية خاصة الشرايين. أخيرًا، قد يحتاج مريض السكري الذي يتناول سكر الدم عن طريق الفم، ولكنه يستمر في نمط حياته المجهد، مع عدم كفاية النوم كل ليلة، إلى نظام غذائي عالي الدهون وعالي السعرات الحرارية من السكريات البسيطة في الغالب مثل الصودا، بينما يفتقر إلى النشاط البدني، قد يحتاج في النهاية إلى مكملات الأنسولين للتحكم في نسبة السكر في دمه.

نشأ تخصص طب نمط الحياة بسبب إدراك أنه نظرًا لأن التهديدات لصحة الإنسان وطول العمر في هذا العصر الحديث ترجع في الغالب إلى نمط الحياة، فإن التغيير السلوكي والتحول إلى نمط حياة صحي وليس فقط الأدوية يمكن أن تمنع وتشفي وتخفف من الأمراض المرتبطة بنمط الحياة (LRDs). هذه الأمراض، التي تشمل أمراض القلب والأوعية

الدموية، والمتلازمة الأيضية، ومرض السكري من النوع 2، والسرطان هي الآن الأسباب الرئيسية للوفاة المبكرة للأفراد الأصحاء والمنتجين الذين كان من الممكن أن يقدموا مساهمات كبيرة في المجتمع.

في عام 1989، تم استخدام طب نمط الحياة لأول مرة كعنوان لندوة، نُشرت في مقال في عام 1990، وفي عام 1999، نشر الدكتور جيمس ريب الكتاب المدرسي التاريخي بعنوان "طب نمط الحياة". تم نشر الكفاءات الأساسية لهذا التخصص من قبل ليانا يانوف ومارك جونسون في مجلة الجمعية الطبية الأمريكية في عام 2010، وحفزت برامج التدريب وإدامة العلوم والتخصص. كما هو محدد في تلك المجلة، "طب نمط الحياة هو الممارسة القائمة على الأدلة لمساعدة الأفراد وأسرهم على تبني واستدامة السلوكيات التي يمكن أن تحسن الصحة ونوعية الحياة". علاوة على ذلك، تعرفه الكلية الأمريكية لطب نمط الحياة على أنه "استخدام تدخلات نمط الحياة في علاج المرض وإدارته".

خلال واجباتي وجولاتي في المستشفى، ندخل المرضى، ونراقبهم، ونعطيهم الأدوية، ونخرجهم عندما يكونون بالفعل في مأمن من الخطر. لذلك، على سبيل المثال، يخرج المريض المصاب بالالتهاب الرئوي عندما لا يكون لديه حمى، ويكون سعاله شبه معدوم، وقد خفت عدواه، ويمكنه مواصلة تناول الأدوية عن طريق الفم في المنزل. من ناحية أخرى، قد يخرج المريض الذي عانى من سكتة دماغية أو نوبة قلبية حديثة عندما يكون خطر وفاته أو إعاقاته الأسوأ قد مر بالفعل وتم علاجه بشكل كافٍ. كما يمكنهم مواصلة تناول أدوية المداومة في المنزل، بالإضافة إلى إعادة التأهيل البدني أو القلبي في العيادات الخارجية. غالبًا ما أسأل نفسي ؛ نحن نتأكد من خروج المرضى من المرض، ولكن كأطباء، ما الذي يمكننا فعله حقًا لمساعدتهم على استعادة صحتهم ؟ على النحو المحدد من قبل منظمة الصحة العالمية (WHO)، فإن الصحة ليست مجرد غياب المرض أو العجز، بل هي حالة من الرفاه البدني والعقلي والاجتماعي الكامل. شعرت بفجوة في المعرفة في عقودي من الممارسة الطبية. هل نساعد مرضانا بشكل كافٍ ؟

إن تحقيق أعلى مستوى ممكن من الصحة هو هدف المجتمع الطبي وخاصة منظمة الصحة العالمية. في حين أن جميع طرق الشفاء تساهم في تحقيقه، فقد ثبت أن طب نمط الحياة فعال في تحقيق هذا الهدف - في الحفاظ على الصحة، والعلاج والوقاية من أمراض نمط الحياة. موريسو، لقد ثبت في العديد من الدراسات أنه يساهم في إطالة العمر، ومن الواضح أنه مطلوب بشدة في المجتمع الحديث ونمط الحياة.

لماذا يحدث هذا ؟ بصرف النظر عن الوفرة الواضحة وتوافر الطعام، والزيادة في العمل جالسًا ومستقرًا، وانخفاض الطلب على نمط حياة نشط، وثقافة أكثر إرهاقًا وإلحاحًا وتنافسية، فإن الاستجابات الفسيولوجية البشرية متجذرة بعمق في تكيف الإنسان. تتبع تاريخ البشرية إلى وقت الندرة والخطر، طور جسم الإنسان آليات لتخزين الطعام في الجسم وتحفيز استجابات الإجهاد. كانت هذه الآليات منقذة للحياة خلال تلك الأوقات، لذلك عندما

كان الطعام نادرًا، كان لدى الجسم مخازن للطاقة في شكل جليكوجين ودهون يمكن استخدامها حتى عندما يكون إمداد الطعام منخفضًا. بعد مجيء التصنيع وأصبحت الإمدادات الغذائية مستمرة وفيرة، لا يزال الإنسان الحديث يخزن الطاقة الزائدة كدهون، والتي تخضع للأكسدة وتسبب التهابًا مزمنًا. هذا يغمر الأوعية الدموية والأعضاء التي تتراكم الضرر مع مرور الوقت وتتدهور في وقت مبكر. بالإضافة إلى ذلك، في حين كانت الطاقة مطلوبة بشدة وتم إنفاقها في الماضي على الأنشطة البشرية اليومية، فإن ميكنة المهام قللت من هذه الحاجة. هذا يترك الإنسان، مع وفرة في الطاقة المخزنة على شكل دهون، وعدم وجود أنشطة كافية في حياته اليومية لاستخدامها، كسبب لأمراضه، ووباء متلازمة التمثيل الغذائي، وفي المقام الأول السمنة.

في الفصول التالية، سنستكشف بشكل أعمق كل ركيزة من الركائز الست لطب نمط الحياة. هذه الركائز هي كما يلي: (1) الغذاء الكامل، والنظام الغذائي النباتي، (2) زيادة النشاط البدني، (3) النوم التصالحي، (4) تجنب المواد الخطرة، (5) إدارة الإجهاد، و (6) علم النفس الإيجابي والعلاقات الاجتماعية الصحية. هذه هي العوامل التي، عند دمجها يوميًا في نمط الحياة المعاصر، تم عرضها في دراسات مكثفة وموثوقة للوقاية من الأمراض المرتبطة بنمط الحياة وإدارتها بشكل فعال. لقد ثبت أنه ليس فقط الحبوب والأدوية والمواد الكيميائية هي الأدوية، ولكن في المقام الأول، الغذاء والنشاط البدني والسلوك الصحي المدمج في حياتنا اليومية هي الأدوية. أسلوب الحياة نفسه هو الدواء.

في هذه المرحلة، أدعوك لتقييم نمط حياتك وفقًا للركائز الست. أي من هذه الركائز تعتقد أنها قوتك ؟ نقطة ضعفك ؟ فقط لتكرار وتعزيز المعرفة، هل يمكنك سرد الركائز الست لطب نمط الحياة في المساحات التالية ؟ ضع نجمة بجانب العمود الذي هو قوتك، والقلب بجانب ضعفك.

.1

.2

.3

.4

14

.5

.6

الفصل 4 - الأكل بشكل جيد

"اترك أدويتك في وعاء الصيدلي إذا كان بإمكانك شفاء المريض بالطعام." - أبقراط

أحد أهم أنشطة الإنسان التي تعادل الحياة نفسها هو الأكل. يجب أن نضع في الوقود الذي سنحرقه لتزويد الطاقة لكل من خلايانا وأعضائنا للعمل. ومع ذلك، تطورت هذه الوظيفة الأساسية وتوسعت لترضي أيضًا الرغبة الشديدة البشرية الأخرى مثل توفير وسيلة للتفاعل الاجتماعي، أو حتى مجرد تذوق طعام معين يمكن أن يشبع بعض الاحتياجات العاطفية أو الفكرية. لسوء الحظ بالنسبة للكثيرين، أصبح تناول الطعام يتراكم بنسب لا يحتاجها الجسم ويستقلبها في الوقت الحالي، ويصبح مخزنًا كدهون، أو يغمر الأوعية الدموية بالجلوكوز غير المستخدم والأحماض الدهنية والكوليسترول، بداية سلسلة من الأحداث التي تؤدي إلى أمراض نمط الحياة. الغذاء الذي يجب أن يكون مصدرًا للطاقة وفي كثير من الأحيان قد يكون أيضًا بمثابة دواء أصبح مصدرًا لعلم الأمراض في عصرنا الحديث.

بين عامي 1966 و 1972، أشار جراح عاد مؤخرًا من إفريقيا إلى أن أمراض القلب والأوعية الدموية والأمعاء الغليظة المعتادة في العالم الغربي غير شائعة هناك. كونه نفس الطبيب الفضولي الذي تتبع مسببات سرطان الغدد الليمفاوية العدواني لدى الأطفال بيركيت إلى فيروس معين يسمى فيروس إبشتاين بار، قام بتحليل هذا التفاوت في توزيع الأمراض: لماذا سئمنا من شيء لا يملكه هؤلاء الناس ؟ هل هم محصنون ضد النوبات القلبية ؟ وجد أن الإجابة تكمن في الفرق في النظام الغذائي بين العالم الغربي والأفارقة، واقترح فرضية جذرية آنذاك مفادها أن الأنظمة الغذائية منخفضة الألياف يمكن أن تزيد من خطر الإصابة بأمراض القلب والأوعية الدموية والسمنة وتسوس الأسنان وأمراض الأوعية الدموية المختلفة وأمراض الأمعاء الغليظة مثل السرطان والتهاب الزائدة الدودية والرتوج. وضع الدكتور دينيس بوركيت، المعروف باسم رجل الألياف، الأساس لنظام غذائي كعامل خطر لأمراض نمط الحياة.

في عام 1975، افتتح المخترع والمهندس وخبير التغذية ناثان بريتيكين مركزًا لطول العمر في كاليفورنيا. لم يكن حتى ممارسًا طبيًا، ولكن بنفس العقل الفضولي، أشار إلى أنه خلال الحرب العالمية الثانية، وهي فترة شديدة التوتر، انخفضت الوفيات الناجمة عن النوبات القلبية بشكل مثير للسخرية، وقد تتبع ذلك إلى الحصة الغذائية منخفضة الدهون ومنخفضة الكوليسترول في ذلك الوقت. كان هو نفسه يعاني من مرض شديد في القلب، ونصح بالتوقف

عن ممارسة الرياضة، وتحرير نفسه من كل الإجهاد، وأخذ قيلولة في فترة ما بعد الظهر. ومع ذلك، مدعومًا بأبحاثه ودراسته الذاتية، شرع في اتباع نظام غذائي نباتي وبرنامج تمارين رياضية، وأثبت لأطبائه المعالجين أن مستويات الكوليسترول لديه انخفضت وأصبح خاليًا من الأعراض. مسلحًا بقناعة نجاحه والأدلة التي جمعها من دراسته، أنشأ مركز بريتيكين لطول العمر، وهو منتجع صحي وبرنامج سكني يستفيد من التغذية وممارسة الرياضة وتغيير نمط الحياة، حيث استقبل لمدة شهر ثلاثة مرضى يعانون من أمراض القلب الحادة. بعد البرنامج، تحسن جميع المرضى، وخالوا من آلام الصدر، وتخلصوا فعليًا من أدويتهم، واستمروا وعاشوا الأنشطة والحياة التي يحبونها لسنوات بعد الانتهاء من البرنامج.

وبالمثل، في عام 1990، أظهر الدكتور دين أورنيش في دراسة واسعة النطاق، تجربة نمط الحياة للقلب، أن تغييرات نمط الحياة وحدها يمكن أن تعكس أعراض أمراض القلب. وهذا يعني أنه حتى في حالة عدم وجود أدوية عن طريق الفم، فقد تبين أن أعراض أمراض القلب تتحسن بسبب تغييرات نمط الحياة. وفي الوقت نفسه، قام الدكتور كالدويل إسيلستين في عام 1999 بعرض وتصور الآثار المفيدة للتغذية النباتية في خفض مستوى الكوليسترول وزيادة قطر الأوعية الدموية في صور الأوعية الدموية. ارتبط ذلك بالاختفاء اللاحق لألم الصدر، وهو علاج مكافئ لفوائد رأب الأوعية الدموية أو طعم مجازة الشريان التاجي دون التكلفة والمخاطر المذهلة. أظهرت الدراسة الأوروبية الاستطلاعية للسرطان والتغذية (EPIC) أن عدم التدخين، والاستهلاك المعتدل للكحول، والنشاط البدني، واستهلاك ما لا يقل عن خمس حصص من الفواكه والخضروات كل يوم يمكن أن يضيف أربعة عشر عامًا إضافية من العمر.

يدافع طب نمط الحياة عن الغذاء الكامل والتغذية النباتية. تتكون التغذية النباتية من 95 ٪ من السعرات الحرارية من الخضروات والفواكه والحبوب الكاملة والبقوليات والمكسرات والبذور، و 5 ٪ فقط من اللحوم والأسماك ومنتجات الألبان والبيض، مع توصية بتناول قوس قزح كل يوم ـ أي ألوان متنوعة من الأطعمة الطبيعية كل يوم. وتشمل هذه الخضروات والفواكه الخضراء مثل الأفوكادو والبروكلي والملفوف والملونغاي التي تحتوي على الكلوروفيل والمغذيات النباتية وفيتامين C والحديد وفيتامينات B التي تعمل بمثابة أنزيمات وعوامل مساعدة للاستقلاب الأمثل أو عمل جسم الإنسان، وتعزيز الجهاز المناعي، على رأس فائدة الألياف للحفاظ على صحة الأمعاء وخالية من السموم. تحتوي الفواكه والخضروات الحمراء مثل الطماطم والفلفل الأحمر والبطيخ والتفاح والرمان والفراولة على مغذيات نباتية مثل الليكوبين وحمض الإيلاجيك التي لها خصائص مضادة للأكسدة ومضادة للسرطان. تحتوي الفواكه والخضروات الصفراء والبرتقالية مثل الجزر والبرتقال والمانجو والموز والاسكواش والذرة والخوخ على اللوتين وفيتامين C والبيتا كاروتين التي تحافظ على صحة العين والرؤية الجيدة، وهي بالمثل مضادات أكسدة قوية ومركبات مضادة للسرطان. الخضروات الزرقاء والأرجوانية مثل العنب والتوت الأزرق

والباذنجان والبطاطا الأرجوانية غنية بالأنثوسيانين والريسفيراترول التي لها خصائص مضادة للسرطان ومضادة للشيخوخة. أخيرًا، تحتوي الفواكه والخضروات البيضاء والبنية مثل الثوم والبصل والقرنبيط والفطر على خصائص مضادة للالتهابات ومضادة للميكروبات ومضادة للسرطان، مع تعزيز جهاز المناعة أيضًا. لذلك، إذا أردنا الوقاية من سرطان المرض اللعين وعلاجه والحصول على تعزيز مناعي، تناول قوس قزح كل يوم!

ماذا عن البروتين ؟ هل هذا غير متوفر فقط في اللحوم والمنتجات الحيوانية ؟ هذه الفكرة غير دقيقة، لأن بعض المصادر النباتية تحتوي على بروتين مكافئ إن لم يكن أكثر من الأنظمة الغذائية الحيوانية. على سبيل المثال، كوب واحد من العدس الأحمر يعادل 3 بيضات مطبوخة، و 3 أونصات من شرائح اللحم أو الدجاج تعادل 5 بطاطس مخبوزة متوسطة، و 3 أونصات من اللوز توفر بروتينًا مكافئًا تقريبًا لـ 3 أونصات من السلمون. في حين أن البروتين الحيواني له عيب الكوليسترول والدهون المشبعة والسعرات الحرارية العالية، فإن البروتين النباتي له ميزة توفير الألياف والمغذيات النباتية والفيتامينات والمعادن، وانخفاض السعرات الحرارية بنفس درجة الامتلاء والشبع.

هل ستكفي الخضروات والفواكه المعلبة ؟ في مراجعة أجرتها ساندرا باترون وأندريا دي لا باركا في عام 2017، أظهروا أن الأطعمة فائقة المعالجة، الجاهزة للحرارة وجاهزة للأكل، تحفز الالتهاب والأمعاء المتسربة، وهي متورطة في السمنة وأمراض المناعة الذاتية وأمراض الاضطرابات الهضمية. يتم تغطية البطانة داخل الأمعاء بطبقات من الحماية - من البكتيريا الجيدة الموجودة في الأمعاء، إلى طبقة المخاط التي تغطي جدران الأمعاء، إلى الخلايا المعوية "الملصقة" بإحكام مثل طوب الجدار. الأمعاء المتسربة هي حالة يتم فيها اختراق هذه الحواجز، ويمكن للسموم والمواد الكيميائية والبكتيريا أن تمر بحرية من جدران الأمعاء وتصل إلى مجرى الدم دون ترشيحها. من ناحية أخرى، فإن الوجبات الغذائية غير المصنعة والمعالجة بالحد الأدنى تعزز البكتيريا الجيدة، وتقلل من الالتهاب في الأمعاء، وتعزز سلامة بطانة الأمعاء. مستويات معالجة الأغذية هي كما يلي: يتم معالجة المستوى 1 قليلاً أو تحطيمه أو قطعه ولكن لا يتم إزالة أي شيء ؛ تتم معالجة المستوى 2 بشكل معتدل، حيث يمكن إزالة بعض المكونات وخلطها بالمكونات المتوفرة في مطبخ نموذجي ؛ والمستوى 3 معالج للغاية، والذي يتم إنشاؤه في مصنع معالجة وأكثر من مزيج كيميائي من الطعام الفعلي. تتورط الأطعمة فائقة المعالجة في إحداث حالة الأمعاء المتسربة ؛ وبالتالي، من الأفضل استهلاك الأطعمة المصنعة بشكل طفيف إلى معتدل، وتقليل الأطعمة فائقة المعالجة إن لم يكن تجنبها.

تعد طريقة تحضير الطعام عاملاً مهمًا أيضًا. يتم إنتاج منتجات نهائية أكثر تقدمًا من الجليكوزيلات (AGEs) من 10 إلى 100 مرة عندما تتفاعل السكريات والمجموعات الأمينية الحرة من البروتينات في الحرارة الجافة مثل الشواء والشوي والتحميص والقلي، مقارنة بالحالة غير المطبوخة. يقلل الطهي مع الحرارة الرطبة، وأوقات الطهي الأقصر،

والطهي في درجات حرارة منخفضة، واستخدام المكونات الحمضية مثل عصير الليمون أو الخل من تكوين العناصر المناعية المضادة للأكسدة. الأطعمة المصنعة والمنتجات الحيوانية، الغنية بالدهون والبروتين، غنية بالعمر، مقارنة بالخضروات والفواكه والحبوب الكاملة والحليب التي تحتوي على عدد قليل نسبيًا من العمر حتى بعد الطهي. يمكن أن تؤدي هذه العناصر إلى تلف الأعصاب والكلى والعينين والكولاجين، وتسريع الشيخوخة.

علاوة على ذلك، فإن كيفية تناول الطعام هي واحدة من أهم عناصر تناول الطعام بشكل جيد. يأكل البشر ليس فقط بسبب الجوع، ولكن في بعض الأحيان لتلبية الاحتياجات العاطفية والاجتماعية، والتي قد تزيد من السعرات الحرارية التي لا يحتاجها الجسم في الوقت الحاضر. الأكل الواعي هو ببساطة تذوق الطعام واللحظة - تناول الطعام ببطء، واستخدام الأطباق والأواني الصغيرة، ومضغ كل قضمة حوالي 20 مرة مع التوقف بين اللدغات، وعدم تعدد المهام أثناء تناول الطعام. وقد ثبت أن هذا النمط من الأكل يحسن عادات الأكل غير المنظمة ويعطل سلوكيات الأكل المعتادة، ويستخدم كعلاج غذائي لمرض السكري.

السؤال التالي هو متى نأكل ؟ التوصية هي وجبتان فقط في اليوم ووجبة خفيفة، ويفضل ألا تفوت وجبة الإفطار، أو تناول طعام مقيد بالوقت حيث يتم تناول الطعام فقط في نافذة 12 أو 10 أو 8 ساعات، مثل 7 صباحًا إلى 7 مساءً. من ناحية أخرى، يقلل الصيام المتقطع من تناول السعرات الحرارية على أساس متقطع، مثل الصيام لمدة 16 ساعة أو 24 ساعة أو 1-2 مرة في الأسبوع. قد يتراوح الصيام من الماء فقط لإعادة الضبط، والخضروات أو عصير الفاكهة بسرعة لتحميل مضادات الأكسدة، وطول العمر بسرعة مما يحد من السعرات الحرارية اليومية إلى 800 سعرة حرارية فقط، نصفها من الخضروات والنصف الآخر من المكسرات. بعد هذه الفترة من الصيام، ثبت أن حساسية الأنسولين ترتفع، وبالتالي تمنع مرض السكري، حيث أن التحول الأيضي إلى استخدام الدهون يقلل من السمنة.

في هذه المرحلة، اسمحوا لي أن أدعوكم للقيام بسحب الطعام على مدار 24 ساعة.

1. ماذا أكلت عند الاستيقاظ في الصباح ؟
2. كم مرة أكلت اليوم ؟ كم عدد أكواب الماء ؟
3. اذكر الطعام الذي تناولته في كل وجبة، بما في ذلك جميع الوجبات الخفيفة في غضون 24 ساعة.

من خلال ما تعلمناه في المناقشة السابقة، ما هي التغييرات التي تعتقد أنك بحاجة إلى إجرائها في تغذيتك اليومية ؟ هل يمكنك كتابة هدفك الذكي أو خطة عمل التغذية الخاصة بك، وفقًا لصيغة الدهون (تكرار وكمية ونوع الطعام)؟

أخطط لإضافة/طرح/تضمين (حدد كمية ونوع الطعام) ــــــــــــــــ في نظامي الغذائي (كم مرة) ــــــــــــــــ في اليوم.

على سبيل المثال، أخطط لإضافة 3 فواكه وخضروات مختلفة الألوان لكل وجبة مرتين في اليوم، أو سأقصر الأرز على نصف كوب لكل وجبة مرتين في اليوم.

أتمنى لك طعامًا فاخرًا وواعيًا للوقاية من أمراض نمط الحياة والصحة وطول العمر. اختر جيدًا وتذوق وجبتك!

الفصل 5 - النشاط البدني

"المشي هو أفضل دواء للإنسان." - أبقراط

واحدة من امتيازات المجتمع الحديث هي الراحة في بذل جهد أقل وتحقيق نفس الهدف. عندما كان يتعين على الناس المشي أو الركض من مكان إلى آخر، يمكن لقيادة السيارة الآن تحقيق نفس النتيجة بوقت أقل وبأقل استهلاك للطاقة. يمكن للبرمجة البسيطة للأجهزة الذكية في المنزل تشغيل الأجهزة في الوقت المحدد، بينما يقضي الأشخاص وقتًا أطول في الجلوس أو الراحة على الأريكة أثناء التمرير على التلفزيون أو الأفلام باستخدام جهاز التحكم عن بعد. ومع ذلك، فقد جلبت هذه الميزة أيضًا بعض المخاطر، وهي الخمول البدني.

وصف البروفيسور ستيفن بلير من قسم علوم التمرين وعلم الأوبئة، كلية أرنولد للصحة العامة، جامعة ساوث كارولينا، الخمول البدني بأنه أكبر مشكلة صحية عامة في القرن الحادي والعشرين في مقاله المنشور في المجلة البريطانية للطب الرياضي في يناير 2009. لماذا يحدث هذا ؟ كيف يمكن أن يتغلب حتى على سوء التغذية والتدخين والسمنة في الإضرار بصحة الإنسان ؟ في الدراسة الطولية لمركز التمارين الرياضية، أظهروا أن النسبة الأكبر من الوفيات بين 40,842 رجلاً و 12,943 امرأة تُعزى أولاً وقبل كل شيء إلى انخفاض اللياقة القلبية التنفسية، يليها ارتفاع ضغط الدم والتدخين والسكري وارتفاع الكوليسترول والسمنة بترتيب تنازلي للإسناد. مرة أخرى، تم ذكر العدد الهائل من الموضوعات، للتأكيد على صحة الدراسة. وبالتالي، هذه ليست مجرد دراسة صغيرة تدعي أنه يجب علينا رعاية لياقتنا القلبية التنفسية، وهذه هي هدية النشاط البدني.

ومع ذلك، في دراسة أخرى، أظهروا أنه حتى الرجال الذين يعانون من السمنة المفرطة والذين يتمتعون بلياقة بدنية معتدلة لديهم أقل من نصف خطر الوفاة من الوزن الطبيعي غير اللائق. لذلك من غير العادل الاعتماد فقط على مؤشر كتلة الجسم (BMI) والقول إنه نظرًا لأن الشخص يعاني من السمنة المفرطة، فسيكون عمره أقصر من نظيره الأرق. الجزء المفقود من المعادلة هو اللياقة البدنية، ويذهب إلى أبعد من ذلك لإظهار أن النشاط البدني لا يهدف فقط إلى إنقاص الوزن، ولكن لزيادة اللياقة القلبية التنفسية.

اللياقة البدنية هي القدرة على القيام بالمهام اليومية بقوة ويقظة، دون تعب لا مبرر له، وبطاقة كافية لمتابعة أنشطة وقت الفراغ والاستجابة لحالات الطوارئ. ويشمل ذلك تحمل القلب والعضلات والقوة والمرونة ووقت رد الفعل. لذلك هذا هو هدفنا للنشاط البدني

ـ اللياقة البدنية، وسيتبعه الجسم ذو المظهر الرائع. تخيل أن تكون قادرًا على القيام بالأشياء التي تحتاجها وتريد القيام بها كل يوم لأن لديك ما يكفي من القوة والقدرة على التحمل للقيام بذلك، بدلاً من الشعور بالتعب حتى قبل انتهاء النصف الأول من اليوم. علاوة على ذلك، تخيل في الثمانينيات من العمر أن تكون مستقلاً وقادرًا على الوقوف والتجول والعمل دون الحاجة إلى مساعدة، على عكس رجل يبلغ من العمر 70 عامًا طريح الفراش بالفعل، أو مدفوعًا على كرسي متحرك، ويساعد حتى في الحمام. كما نوقش سابقًا، في المناطق الزرقاء، فإن اللياقة البدنية والإنتاجية في المجتمع حتى بعد سن التسعين ليست مجرد حلم أو احتمال ولكنها قاعدة.

لقد ثبت أن النشاط البدني المنتظم يحسن اللياقة البدنية، والوضعية والتوازن، واحترام الذات، والوزن، والعضلات والعظام، وحتى القدرة المعرفية، الموصوفة بدقة أكبر في القول المأثور ـ "بينما نتحرك، أخاديد الدماغ". من ناحية أخرى، ثبت أن الخمول البدني عامل خطر للوفاة المبكرة والسمنة وأمراض القلب وارتفاع ضغط الدم ومرض السكري من النوع 2 وهشاشة العظام والسكتة الدماغية والاكتئاب وسرطان القولون. أظهرت دراسة أجريت على 222,149 فردًا تبلغ أعمارهم 45 عامًا فما فوق وجود علاقة ثابتة بين الجلوس والوفيات عبر الجنس والفئة العمرية ومؤشر كتلة الجسم، ومن هنا جاءت بديهية حديثة، "الجلوس هو التدخين الجديد".

الأدلة على فوائد التمرين لطول العمر قوية ولا يمكن إنكارها. في 305 تجربة عشوائية مضبوطة مع 339,274 مشاركًا، أظهر ناسي ويوانيديس في عام 2013 أن التمرين أفضل من الدواء في منع الوفاة بسبب السكتة الدماغية، وفعال بنفس القدر للأدوية في منع الوفاة بسبب مرض الشريان التاجي. أظهر تحليل جماعي كبير للبيانات المجمعة في الاتحاد الوطني لفوج السرطان الذي يضم 654,827 فردًا تتراوح أعمارهم بين 21 و 90 عامًا، ومتابعته لمدة 10 سنوات في المتوسط، زيادة من 2 إلى 5 سنوات في متوسط العمر المتوقع لأولئك الذين مارسوا نشاطًا بدنيًا في وقت الفراغ يعادل المشي السريع لمدة تصل إلى 75 دقيقة في الأسبوع، على عكس أولئك الذين كانوا غير نشطين جسديًا. بالنسبة لأولئك الذين كانوا نشطين وبوزن طبيعي، كان هناك زيادة 7 سنوات في متوسط العمر المتوقع. في مراجعة منهجية أجراها جيمس وودكوك وآخرون ونشرت في المجلة الدولية لعلم الأوبئة في عام 2010، أظهروا أن النشاط البدني يقلل من خطر الوفاة. حتى أولئك الذين لديهم مستويات منخفضة من النشاط 2.5 ساعة في الأسبوع كان لديهم انخفاض بنسبة 19 % في الوفيات، وزيادة هذا إلى 7 ساعات في الأسبوع قللت من خطر الوفاة بنسبة 24 %.

إذا كنت قد لاحظت، فقد استخدمنا النشاط البدني كنقطة مرجعية للفوائد الصحية، وليس التمرين. النشاط البدني هو أي حركة جسدية حيث يؤدي تقلص عضلات الهيكل العظمي إلى زيادة إنفاق الطاقة فوق المستوى الأساسي، في حين أن التمرين أكثر قوة لأنه مجموعة مخططة ومنظمة ومتكررة وهادفة من الحركات للحفاظ على القدرة على التحمل

والقوة والمرونة والتوازن وتحسينها. توصي الدراسات بممارسة نشاط بدني منتظم معتدل الشدة مثل المشي السريع لمدة 150 دقيقة في الأسبوع، أي ما يعادل 30 دقيقة في اليوم لمدة 5 أيام، مع اليومين المتبقيين للمقاومة أو تدريب القوة. لاحظ أن مستوى كثافة النشاط البدني يجب أن يكون معتدلاً على الأقل. تشمل الأنشطة المصنفة على أنها كثافة خفيفة المشي الخفيف، والبستنة السهلة والتمدد، بينما تشمل الكثافة المعتدلة المشي السريع، وركوب الدراجات، وركوب أوراق الأشجار، والسباحة، والرقص، وتشمل الكثافة القوية التمارين الرياضية، والركض، وكرة السلة، والسباحة السريعة، والرقص السريع. لقاعدة بسيطة، لا يزال بإمكانك التحدث والغناء أثناء نشاط بدني خفيف الشدة، ولكن في نشاط بدني معتدل الشدة، لا يزال بإمكانك التحدث ولكن لا يمكنك الغناء، وفي نشاط بدني شديد الشدة، بالكاد يمكنك التحدث والغناء. عند القيام بنشاط بدني مكثف، تكون المدة الموصى بها نصف مدة النشاط البدني المعتدل، و 75 دقيقة على الأقل أسبوعيًا للفوائد الصحية. للحصول على فوائد صحية إضافية، يمكن زيادة ذلك إلى 5 ساعات أو 300 دقيقة من النشاط البدني المعتدل أو 150 دقيقة من النشاط البدني المكثف في الأسبوع.

إن القول المأثور للنشاط البدني هو أن تبدأ منخفضًا، وأن تسير ببطء. إذا كنت قادماً من نمط حياة مستقر للغاية، فيمكنك القيام بنوبات لمدة 10 دقائق من النشاط البدني المعتدل، للوصول إلى ما مجموعه 30 دقيقة يوميًا لمدة 5 أيام. عندما يصبح الجسم متكيفًا، يمكن زيادة مستوى ومدة النشاط البدني على النحو المسموح به. حتى أن هناك أنشطة بدنية مسموح بها للحوامل وكبار السن وأولئك الذين يتعافون من النوبة القلبية والسكتة الدماغية لإعادة التأهيل البدني والقلب. ما عليك سوى استشارة طبيب نمط حياتك بانتظام فيما يتعلق بشكل ومستوى النشاط البدني المسموح لك بأخذه، بالنظر إلى الحالة الخاصة أو الاعتبار الذي قد يكون لديك. قد تجد أنه نظرًا لأن النشاط البدني المنتظم يعزز صحتك وإدراكك وشكل جسمك وصورة جسمك واحترامك لذاتك، فإن عادة النشاط البدني المنتظم ممتعة وسهلة البناء، وفي بعض الأحيان تسبب الإدمان، طالما أنك تخصص وقتًا للقيام بذلك. وهذا يعادل 2 إلى 7 سنوات إضافية في حياتك، والقوة والاستقلال أثناء الشيخوخة، وانخفاض خطر الإصابة بأمراض نمط الحياة مثل السكتة الدماغية وارتفاع ضغط الدم ومرض السكري وأمراض القلب التاجية والسرطان.

بالنسبة لنشاطنا في هذا الفصل، قم أولاً بتقييم علامتك الحيوية للنشاط البدني (PAVS)، والتي تساوي دقائق من النشاط البدني المعتدل في اليوم × أيام من النشاط البدني في الأسبوع. على سبيل المثال، إذا كنت أمشي بسرعة لمدة 30 دقيقة يوميًا لمدة 5 أيام في الأسبوع، فإن PAVS الخاص بي هو 150 دقيقة في الأسبوع، وهدفنا هو 150-300 للحصول على أقصى فائدة صحية.

PAVS الحالي الخاص بي = ـــ

لتحقيق هدفنا المتمثل في 150 إلى 300 دقيقة في الأسبوع، ما هي خطة عمل النشاط البدني الخاصة بك، أو هدف SMART الخاص بك ؟ على سبيل المثال، "سأمشي بسرعة كل 6 صباحًا في جميع أنحاء الحي لمدة 30 دقيقة يوميًا في أيام الأسبوع، وسأستيقظ وأمشي وأفعل شيئًا بعد كل ساعة من الجلوس."

خطة عمل النشاط البدني الخاصة بي:

ـــ

الآن بعد أن أصبحت لديك خطة، فإن الشيء الأصعب الذي يجب القيام به هو التغلب على الجمود لبدء ذلك. إذن، ما الذي تنتظره ؟ انهض وانطلق، وكن نشيطًا، وقم بضخ القلب والدورة الدموية. اترك تلك الأريكة المريحة بين الحين والآخر، وامش بسرعة بحيث لا يمكنك الغناء أثناء المشي، أو قم بنشاط بدني يمنحك الفرح مثل السباحة أو المشي لمسافات طويلة. سيؤدي ذلك إلى تنشيط عقلك، وزيادة التمثيل الغذائي لديك، وتعزيز لياقتك القلبية التنفسية، وتشكيل جسمك، وإطالة حياتك. لا تنس أن تجعلها عادة ـ افعلها باستمرار. والأفضل من ذلك، اجعله أسلوب حياة ـ اجعل النشاط البدني جزءًا لا يتجزأ من حياتك.

الفصل 6 - النوم التصالحي

"النوم واليقظة، كلاهما، عندما يكونان غير معتدلين، يشكلان مرضًا." - أبقراط

إذا كنت تعتقد أن النوم عملية سلبية ذات قيمة دنيا للحياة، فكر مرة أخرى. لم نكن لنقضي ثلث حياتنا في مثل هذه الحالة لو لم يكن الأمر بهذه الأهمية. قبل أن نتعمق أكثر، ما هو النوم ؟ النوم هو حالة من الاستجابة المنخفضة التي يمكن عكسها بسرعة، والتي يتم تذكرها بإعجاب على أنها 4Rs. لماذا نحتاج إذن إلى النوم أو أن تكون لدينا هذه الحالة من الاستجابة المنخفضة ؟ أليس هذا غير بديهي لسلامة الإنسان ؟

النوم أمر بالغ الأهمية لجسم الإنسان لأنه في هذه الحالة يتم إصلاح الدماغ والعضلات والقلب والأعضاء الأخرى في الجسم وشفائها واستعادتها. خلال أنشطتنا اليومية، لا يمكن تجنب تلف الخلايا والأنسجة، خاصة إذا كنا نعيش في نمط حياة مرهق وسريع الخطى. نحن نركز في كثير من الأحيان على مسؤولياتنا اليومية، بحيث يتم تجاهل الأمراض الطفيفة أو الإصابات أو تلف الأنسجة على أنها أقل أهمية مقارنة بمهامنا الحالية. لسوء الحظ، تتراكم هذه الأضرار الصغيرة بمرور الوقت وتتسبب في مرض كبير يوقف حياتنا على مساراتها، حتى نتمكن من أخذ الوقت الكافي لرعاية رفاهية جسمنا. تتضخم إمكانية حدوث ضرر لأنظمتنا العضوية بشكل أكبر عندما يكون لدينا نوم غير كافٍ لفترة طويلة، لأنه أثناء نومنا يتم إصلاح هذه الأضرار واستعادتها يوميًا، قبل أن تتراكم الأضرار وتصبح مستعصية على الحل. تخيل لو استمر الجسم في القيام بأنشطته اليومية، حيث من المتوقع حدوث درجة معينة من الضرر في العضلات والكلى والكبد والأعضاء الأخرى خاصة تحت الضغط العالي، دون أن تتاح له الفرصة للإصلاح. سوف تتراكم الأضرار باستمرار وسوف يتآكل الجسم بسهولة، مما يؤدي إلى عمر أقصر.

خلال استشاراتي عن بعد، لدي الكثير من المرضى الذين يعانون من متلازمة النوم غير الكافية. نظرًا لأن معظمهم من وكلاء مركز الاتصال الذين لديهم نوبات مقبرة، وبيئة نومهم خلال النهار لا تساعد أيضًا على النوم، فإنهم يعانون من الدوخة والصداع وعدم التركيز والتركيز في العمل. وهذا يعادل فقدان الإنتاجية، والتغيب عن العمل، وفي نهاية المطاف خسارة الإيرادات لكل من الشركة والموظف. ما يعتبره الرجل غير منتج في العمل - النوم، هو في الواقع محفز رئيسي للإنتاجية. كيف يكون الأمر كذلك ؟

في الدماغ، تسهل الزيادة في المساحة الخلالية أثناء النوم إزالة النفايات السامة العصبية بواسطة الجهاز اللمفاوي. ماذا يحدث إذا لم يتم إزالة هذه السموم العصبية بشكل كافٍ ؟ الحرمان المزمن أو طويل الأجل من النوم هو أحد عوامل الخطر لمرض الزهايمر، وهو تدهور تدريجي لوظائف الدماغ الحيوية مثل الذاكرة واللغة والتوجه. في القلب والأوعية الدموية، ينخفض ضغط الدم أثناء النوم، ويخفف الضغط على جدران القلب والأوعية الدموية. وعلى العكس من ذلك، فإن قلة النوم المزمنة يمكن أن ترفع ضغط الدم وتسبب أمراض القلب. وبالمثل، أثناء النوم، ينخفض هرمون الكورتيزول الناتج عن الإجهاد. إذا كان هناك حرمان مزمن من النوم، فإن الجسم يتعرض بشكل متكرر للكورتيزول، مما يتسبب في ارتفاع نسبة السكر في الدم وإضعاف الجهاز المناعي، مما يؤدي إلى مرض السكري والاستعداد للعدوى المختلفة.

كما يتسبب النوم غير الكافي في 100000 حادث سيارة سنويًا وفقًا للإدارة الوطنية الأمريكية لسلامة المرور على الطرق السريعة. وقد تبين أن الاستيقاظ لمدة 18 ساعة يعادل مستوى الكحول في الدم 0.05، والاستيقاظ لمدة 24 ساعة إلى مستوى الكحول في الدم 0.10، حيث يعتبر مستوى 0.08 بالفعل في حالة سكر قانوني. إذا كانت القيادة في حالة سكر تعتبر غير قانونية وخطرة، فقد يكون الوقت قد حان أيضًا لمعاقبة القيادة أثناء النعاس لأنها خطرة بنفس القدر على الأرواح والممتلكات.

لسوء الحظ، في هذه الأوقات الحديثة، لا يتم تقدير النوم، وفي بعض الأحيان، يعتبر مضيعة للوقت الثمين الذي كان يمكن استخدامه في العمل. في حين أن الوقت يساوي الذهب، والنوم يشبه قضاء الوقت دون إنتاج، فإن النوم يعطى أولوية أقل. غالبًا ما تسرق متطلبات العمل والأسرة والأوساط الأكاديمية ساعات من النوم. ومع ذلك، عندما نعيد صياغة تصورنا للنوم على أنه أمر بالغ الأهمية في وظيفتنا اليومية، والوقاية من الأمراض، وطول العمر، فإننا ندرك أن الوقت الذي نقضيه في النوم هو في الواقع ذهب. علينا أن نضع في اعتبارنا أنه على الرغم من أننا لا نفعل أي شيء ملموس لعملنا في المجتمع، إلا أن النوم هو وقت مزدحم بشكل ملحوظ لجسمنا للقيام بعمله من أجلنا.

بشكل تفضيلي، يمكن للنوم التصالحي لمدة 7-8 ساعات في الليلة أن يعزز الذاكرة، ويحسن وظيفة الدماغ، ويصلح وبالتالي يقلل من تدهور العظام والعضلات، ويحافظ على ضغط الدم وسكر الدم. كما يتم إفراز هرمون النمو أو السوماتوتروبين أثناء النوم، مما يحفز النمو وتكاثر الخلايا وتجديدها. علاوة على ذلك، أثناء النوم يشكل الدماغ نقاط تشابك أو روابط، ويفهم التجارب والمعرفة المكتسبة عند الاستيقاظ. وبالتالي، فإن النوم مهم جدًا للتعلم والاندماج والتعزيز للذاكرة طويلة المدى.

كيف يمكننا تحقيق هذا النوم التصالحي ؟ أولاً، قم بتجهيز سريرك، بحيث عند دخول غرفتك، سيتم تشغيل وضع الراحة والاسترخاء. لا ترفق ذكريات القلق أو القلق مثل

العمل في سريرك، ولكن اجعله مكانك المقدس للتجديد. ستساعد درجة الحرارة الباردة، وسيكون من الأفضل التخلص من الأدوات قبل ساعات قليلة من النوم، حيث يمنع الضوء الأزرق إفراز الميلاتونين، الهرمون المسؤول عن تحفيز النوم. يعمل الميلاتونين أيضًا بشكل أفضل في الأضواء الخافتة، لذلك حاول محاكاة الليل في أي وقت من اليوم الذي تنوي فيه الحصول على نومك التصالحي، اعتمادًا على جدول مناوبتك.

ثانيًا، الأمر كله يتعلق بالإيقاع، وهو أمر أساسي في الموسيقى، وكذلك في الطبيعة. حتى النباتات تحتاج إلى المرحلة المظلمة من التمثيل الضوئي لإنتاج العناصر الغذائية، حتى الأكسجين الذي نحتاجه. إذا كان ذلك ممكنًا، تعرض لأشعة الشمس في الصباح الباكر، وقم بالتمرين قبل 4 إلى 8 ساعات على الأقل، ولكن ليس قريبًا جدًا من جدول النوم. احرص على النوم والاستيقاظ في نفس الوقت تقريبًا كل يوم، مع مدة موصى بها تتراوح من 7 إلى 8 ساعات. وقد أظهرت الدراسات أن النوم أقل من 6 ساعات وأكثر من 9 ساعات في اليوم يمكن أن يسبب متلازمة التمثيل الغذائي مثل السمنة وارتفاع ضغط الدم ومرض السكري. يمكن أن تكون القيلولة النهارية أيضًا تصالحية، ولكن حددها بـ 20 دقيقة، حتى لا تعطل الإيقاع في الليل.

ثالثًا، ضع في اعتبارك نوع وتوقيت تناولك للطعام. تجنب المنشطات مثل الكافيين والسجائر في فترة ما بعد الظهر، والكحول في غضون 3 ساعات من وقت النوم. الشاي المريح أو البابونج هو بديل قابل للتطبيق. يجب ترطيبها وتغذيتها بشكل كافٍ في وقت مبكر من اليوم، ولكن يجب التخلص من الوجبات الخفيفة في وقت متأخر من الليل، حيث نحتاج إلى 4 ساعات لهضم هذه الوجبات الخفيفة بالكامل، ولا نريد تحويل طاقة الجسم إلى الهضم بدلاً من الاستجمام. فيما يتعلق بنوع الطعام، قلل من تناول الدهون والكربوهيدرات واحصل على كمية كافية من البروتين. بالنسبة للدهون، فإن أحماض أوميغا 3 الدهنية في الأفوكادو والأسماك الزيتية والجوز وزيت الزيتون مفيدة، في حين أن الألياف الموجودة في الفواكه والخضروات والحبوب الكاملة ترتبط بنوم أكثر ترميمًا.

وبما أن النوم هو حالة قابلة للعكس بسرعة من انخفاض الاستجابة، فهو أمر بالغ الأهمية في الحفاظ على سلامة واستعادة وتجديد شباب الدماغ والأعضاء الحيوية الأخرى في الجسم. نقص النوم المزمن هو عامل خطر لمرض الزهايمر ومرض السكري والسرطان، من بين أمراض أخرى. لتحقيق النوم التصالحي، سيساعد على البقاء نشطًا خلال النهار والتعرض لأشعة الشمس في وقت مبكر من النهار، بينما يبرد في الليل ويتجنب الطعام التحفيزي والبيئة مثل الأضواء الساطعة والأدوات قبل وقت قصير من النوم.

مرة أخرى، أدعوك إلى تقييم نمط نومك لمدة أسبوع، والانتباه إلى ما يشعر به جسمك استجابة لأنشطتك وبيئتك، خاصة أثناء النوم. في أكثر الأحيان، يتواصل جسمك معك بتفضيلاته وحالته الحالية في شكل الرفاهية مقابل الألم، أو الشعور بالنشاط مقابل الشعور بالتعب. وبالتالي، من المفيد أن تأخذ الوقت والاهتمام للاستماع حقًا إلى جسمك، وأن

تتعاون في الحفاظ عليه من خلال القيام بأفضل ممارسات نمط الحياة الممكنة للحفاظ على أدائه على النحو الأمثل. فيما يلي تقييم قصير لنومك لمدة أسبوع واحد حتى يكون لديك فكرة عن كيفية سير إيقاعك الليلي.

مفكرة نومي

اليوم	وقت بداية النوم	حان وقت استيقاظك	مدة النوم (كم من الوقت؟)	ملاحظات (كيف شعرت عندما استيقظت: منتعش، لا يزال يشعر بالنعاس، كان لديه أحلام مزعجة، وما إلى ذلك)
الإثنين				
الثلاثاء				
الأربعاء				
الخميس				

				الجمعة
				السبت
				الأحد

الفصل 7 - تجنب المواد الخطرة

"قبل أن تشفي شخصًا ما، اسأله عما إذا كان على استعداد للتخلي عن الأشياء التي تجعله مريضًا." – أبقراط

الدواء هو أي مادة أخرى غير الطعام أو الماء يقصد تناولها أو إعطاؤها لغرض تغيير الحالة البدنية والعقلية للمتلقي. على سبيل المثال، تم استخدام عقار الديجوكسين الذي جاء من نبات Digitalis sp.، والمعروف أيضًا باسم قفازات الثعلب، لتعزيز قوة ضخ القلب في حالات فشل القلب. وبالمثل، فإن البنسلين المضاد الحيوي المستخدم على نطاق واسع منذ عزله عن Penicillium notatum، وهو نوع من العفن، أنقذ العديد من الأرواح من مجموعة متنوعة من الالتهابات البكتيرية التي كانت تختصر عمر الإنسان. وبالمثل، فإن المورفين الدوائي، الذي جاء من خشخاش الأفيون الخشخاش المنوم، قد خفف من الألم الشديد لدى الأشخاص المصابين بالسرطان واحتشاء عضلة القلب أو النوبة القلبية.

في حين أن المخدرات لديها القدرة على إنقاذ الأرواح بشكل سحري وشفاء الآلام، فإن بعض المخدرات تتعاطى الآن بسبب آثارها النفسية. وتشمل هذه الآثار التغير في المزاج والأفكار والإدراك والسلوك، وبسبب الأحاسيس اللطيفة التي يثيرها الدواء، فإن بعض الناس يطورون الإكراه على استخدام هذه المواد من أجل تجربة هذه الآثار النفسية والجسدية مرارًا وتكرارًا. تُعرف هذه الحالة باسم الاعتماد على المخدرات. ومع ذلك، عندما يصبحون متسامحين مع آثار الدواء بنفس الجرعة، فإنهم يتناولون كميات أكبر بشكل متكرر، إلى جانب الرغبة الشديدة والآثار غير السارة التي يتعرضون لها عندما يحاولون التوقف عن تناول الدواء.

تعاطي المخدرات هو استخدام مادة كيميائية تؤدي إلى إعاقة جسدية وعقلية وعاطفية للفرد. يتميز الإدمان بالخصائص التالية، المضغوطة في ABCDE الذاكرية: عدم القدرة على البقعة A، والضعف في التحكم السلوكي B، والهذيان C أو زيادة الجوع للدواء، والتعرف على المشاكل الكبيرة في سلوك الشخص وعلاقاته، والاستجابة الحركية E المختلة وظيفياً. يتبع مسار الإدمان دورة 4C: الشغف، والإكراه، وفقدان السيطرة، والاستخدام المستمر على الرغم من العواقب. الإدمان هو مرض في الدماغ - فهو يغير بيولوجيته وهيكله وتكوينه ؛ ولكن مثل جميع الأمراض الأخرى، يمكن الوقاية منه وعلاجه.

أكثر المواد تعاطيًا هي التبغ، الذي يحتوي على 7000 مادة كيميائية، 250 منها ضارة، و 69 مادة مسرطنة ليس فقط للشخص الذي يدخن، ولكن أيضًا للأشخاص من حوله الذين يمكنهم استنشاق الدخان. إنه يسبب عددًا كبيرًا من الأمراض والحالات، من سرطانات

الرئة وغيرها، وانتفاخ الرئة، والشيخوخة المبكرة، والعقم، وأمراض الأوعية الدموية بما في ذلك أمراض الشريان التاجي والسكتة الدماغية، وضعف الجهاز المناعي المهيئ للعدوى. المادة الموجودة في التبغ التي تسبب الإدمان هي النيكوتين الذي يسبب الصداع والإسهال وارتفاع ضغط الدم والإثارة والأرق والارتعاش والعرق البارد وأحيانًا الارتباك والنوبات. المراهقون الذين هم عرضة لتجربة التدخين، هم أكثر عرضة للتأثيرات السمية العصبية للنيكوتين بينما لا يزال دماغهم يطور وظائف تنفيذية وعصبية. جرعة منخفضة تصل إلى 2 ملغ يمكن أن يكون لها آثار سمية عصبية شديدة على الأطفال، حتى أولئك الذين هم مجرد مدخنين سلبيين، وجرعة من 0.8 إلى 13 ملغ/كغ يمكن أن تقتل 50 ٪ من البالغين.

من ناحية أخرى، وفقًا لمنظمة الصحة العالمية، فإن الإقلاع عن التدخين له آثار مفيدة مذهلة. بعد 20 دقيقة من الإقلاع عن التدخين، ينخفض معدل ضربات القلب وضغط الدم ؛ بعد 12 ساعة، ينخفض مستوى أول أكسيد الكربون في الدم. بعد عام من الإقلاع عن التدخين، ينخفض خطر الإصابة بمرض الشريان التاجي بنسبة 50 ٪، وبعد 5 إلى 15 عامًا، يمكن أن يكون خطر الإصابة بالسكتة الدماغية هو نفسه لدى غير المدخنين. بعد 10 سنوات من الإقلاع عن التدخين، يتم تقليل سرطان الرئة بنسبة 50 ٪، بالإضافة إلى تقليل خطر الإصابة بسرطان الفم والحلق والمريء والمثانة وعنق الرحم والبنكرياس. بعد 15 عامًا من الإقلاع عن التدخين، يكون خطر الإصابة بأمراض القلب هو نفسه الذي يتعرض له غير المدخن.

عندما يتطور سلوك تعاطي المواد أو المخدرات إلى نمط إشكالي، يشار إلى ذلك باسم اضطراب تعاطي المخدرات. على هذا النحو، يتم تناول المواد بكميات أكبر أو على مدى فترة زمنية أطول مما هو مقصود، وهناك رغبة مستمرة أو جهود غير ناجحة لخفض أو التحكم في الاستخدام، ويتم قضاء قدر كبير من الوقت في الأنشطة اللازمة للحصول على الدواء واستخدامه مدفوعًا بشغف، أو رغبة قوية في الدواء. قد يتم الاستخدام المتكرر في المواقف التي قد يكون فيها خطيرًا جسديًا، ويستمر على الرغم من معرفة أنه يسبب مشاكل فسيولوجية ونفسية متكررة. وبالتالي، فإن الاستخدام المتكرر يؤدي إلى عدم الوفاء بالالتزامات الرئيسية في المدرسة والمنزل والعمل، مع إهمال الأنشطة الاجتماعية والترفيهية والمهنية، ويؤدي إلى انتشار المشاكل الاجتماعية أو الشخصية.

المواد الأخرى التي يتم تعاطيها بشكل شائع هي الكحول والمواد الأفيونية. بالنسبة للكحول، يوصى بعدم تجاوز مشروبين يوميًا للرجال، ومشروب واحد يوميًا للنساء. أكثر من هذا يشكل كل من الرجال والنساء في خطر، مع 5 مشروبات في ساعتين للرجال، و 4 مشروبات للنساء مما يزيد من مستوى الكحول إلى 0.08 ملغ/ديسيلتر، ويسمى شرب الشراهة، وشرب الشراهة لأكثر من 5 أيام في الشهر هو بالفعل استخدام كثيف للكحول. وتعزى أكثر من 100000 حالة وفاة سنويًا إلى الكحول، بما في ذلك سرطانات الرأس والرقبة والمريء والكبد والقولون والمستقيم والثدي، إلى جانب الوفيات الحادة الناجمة عن

حوادث السيارات والانتحار والتسمم الحاد. القنب والمواد الأفيونية هي أيضًا أدوية شائعة التعاطي قد تسبب الوفاة بسبب الجرعة الزائدة.

بينما نتأمل في هذا الموضوع، لا يسعني إلا أن أتذكر مرضاي الذين يعانون من اعتلال دماغي كبدي في الأجنحة. بالتأكيد كان لديهم ذات مرة أفراحهم ونجاحاتهم وحبهم وأصدقائهم وعائلتهم، ولكن بسبب التأثيرات السامة للكحول على كبدهم، ارتفع مستوى الأمونيا في دمائهم وأضعف دماغهم. كان لدى البعض إثارة لا يمكن السيطرة عليها، والبكاء ونوبات الصراخ، ولم يتمكنوا من التعرف على أسرهم وأصدقائهم. كان من المحزن رؤية مثل هذه المشاهد لأبناء أو بنات أو أصدقاء أو شركاء منهكين من رعاية شخص لم يعودوا يعرفونه تقريبًا.

في حين أن آثار إدمان المخدرات على قوة إرادة الشخص شاقة إلى حد ما، فمن الخطأ أن نستنتج أن الشخص المدمن سيء أو ميؤوس منه أو يجب معاقبته. يجب أن يكون مفهوما أن الإدمان هو مرض معقد من مسارات المكافأة والمراكز العاطفية والذاكرة في الدماغ، مما يؤثر أيضا على التصورات والأحكام، مما تسبب في تغييرات عميقة مع مرور الوقت على بنية الدماغ، والمسارات، والتركيب الكيميائي. ومع ذلك، لا يضيع كل الأمل لأن هناك تدخلات سلوكية مثل المقابلات التحفيزية، والأدوية، وكذلك أنظمة الدعم الاجتماعي من خلال خطوط الإقلاع عن التدخين والمرافق ذات المستوى الأعلى التي يمكن أن تساعد في إدارة اضطرابات تعاطي المخدرات. تعد خدمات الدعم الأسري والمجتمعي للجوانب الصحية والروحية والقانونية والأكاديمية وسبل العيش والترفيه والأمنية حجر الزاوية في عملية الشفاء، فضلاً عن الرعاية اللاحقة للأفراد المعالجين وإعادة إدماجهم في المجتمع.

إن الاختيار الأولي لفعل الخير أو الأذى هو دائمًا في أيدينا، ويمكن أن يؤثر قرار شخص واحد على نفسه والمجتمع بشكل مفيد أو ضار. الخيار لنا: تذوق المواد الخطرة أم لا، مع العلم أن لديها القدرة على إضعاف قدرة الدماغ على السيطرة، والإقلاع عن التدخين أم لا، مع العلم أنه بعد الإقلاع عن التدخين، هناك أمل في تعافي جسم الإنسان.

بالنسبة لتمرين ما بعد الفصل، فيما يلي مثال على الفحص السنوي الذي طورته SBIRT Oregon، وهو أداة مفيدة في تقييم أنفسنا فيما يتعلق بتعاطي المخدرات والكحول خلال العام الماضي.

Annual questionnaire

Once a year, all our patients are asked to complete this form because drug and alcohol use can affect your health as well as medications you may take.
Please help us provide you with the best medical care by answering the questions below.

Patient name: _____

Date of birth: _____

Are you currently in recovery for alcohol or substance use? ☐ Yes ☐ No

Alcohol: One drink =   12 oz. beer   5 oz. wine   1.5 oz. liquor (one shot)

	None	1 or more
MEN: How many times in the past year have you had 5 or more drinks in a day?	○	○
WOMEN: How many times in the past year have you had 4 or more drinks in a day?	○	○

Drugs: Recreational drugs include methamphetamines (speed, crystal), cannabis (marijuana, pot), inhalants (paint thinner, aerosol, glue), tranquilizers (Valium), barbiturates, cocaine, ecstasy, hallucinogens (LSD, mushrooms), or narcotics (heroin).

	None	1 or more
How many times in the past year have you used a recreational drug or used a prescription medication for nonmedical reasons?	○	○

http://www.sbirtoregon.org/resources/annual_forms/Annual%20-%20English.pdf

الفصل 8 - إدارة الإجهاد

"إذا كنت في مزاج سيء، فاذهب في نزهة على الأقدام. إذا كنت لا تزال في مزاج سيء، فاذهب في نزهة أخرى." - أبقراط

الإجهاد هو أي حافز يهدد بتعطيل الوضع الراهن للشخص أو التوازن، ويثير ردود فعل جسدية لمحاولة استعادة هذا الوضع الراهن. يسمى المحفز بالضغط الذي يثير استجابات تكيفية. على سبيل المثال، عندما يحترق منزلك، قد ترغب في استعادة نفسك إلى بر الأمان. يتم إنتاج هرمونات التوتر وإطلاقها، مما يسرع عملية الأيض لإنتاج المزيد من الطاقة التي يتم تحويلها إلى الدماغ والعضلات الهيكلية، بينما يضخ القلب بشكل أسرع وأقوى، ويزيد ضغط الدم لتسهيل التوزيع السريع لهذه الطاقة. يتم تنشيط الخلايا المناعية، التي تحمي من العدوى والإصابات، وتسهل الشفاء، بينما يتم تعليق التكاثر والهضم والنمو. عقلك يفكر بسرعة، يمكنك حمل أوزان ثقيلة، يمكنك الركض بسرعة، ويمكنك الهروب من النار.

المواقف العصبية الحادة القصيرة هي في الواقع مفيدة ومحفزة للجهاز المناعي وصحة الإنسان ككل، خاصة إذا تم استعادة الجسم إلى حالته السابقة المريحة بعد التغلب على التوتر. ومع ذلك، يمكن أن يسبب التعرض المطول للإجهاد إجهادًا، أو تحولًا في ميكانيكا الجسم والتمثيل الغذائي إلى حالة من المفترض أن تتبنى هذا الإجهاد وتقاومه. وهذا ينطوي على تصلب الشرايين، والارتفاع المزمن لسكر الدم، وتقلص إمدادات الدم إلى الأعضاء غير المشاركة في القتال أو الاستجابة للهروب، والتي تضر بالصحة العامة.

علاوة على ذلك، هناك ميل لإظهار نمط معين من الاستجابة للضغط لمجموعة متنوعة من الضغوطات، وهي سمة تسمى القوالب النمطية. تخيل نفس استجابة الإجهاد التي تحدث في الجسم عندما تسقط سحلية فجأة في الكمبيوتر المحمول أثناء الكتابة، أو عندما يحاول زميل عمل مغري الاقتراب من شريكك، أو عندما تقترب تواريخ استحقاق فواتيرك، أو أثناء الفحص النهائي. الإجهاد المزمن أو طويل الأجل هو الذي يضعف الجهاز المناعي، ويسبب أضرارًا لجدران الأوعية الدموية عند تعرضها لارتفاع ضغط الدم كاستجابة للإجهاد. ثم يؤثر استمرار إصابة الأوعية الدموية على أعضاء مختلفة في الجسم مثل الدماغ والكلى والقلب ويتلفها، مما قد يؤدي في النهاية إلى فشلها وفقدان وظيفتها. نظرًا لأن الإجهاد يخفف أيضًا من الوظائف الخضرية، فقد يكون هناك انخفاض في الرغبة الجنسية والهضم والنمو والتكاثر.

والأسوأ من ذلك هو أن الضغوطات تؤثر بالفعل على الصحة العقلية، مما يسبب الاكتئاب والقلق. في الاكتئاب، هناك بالفعل شعور باليأس وعدم الاهتمام، بينما في القلق، هناك خوف سائد من المجهول. فقد عدد لا يحصى من الأرواح بسبب هذا اليأس والخوف السائد، عندما يقرر الشخص إنهاء كل شيء، حتى حياته. تُعزى 14.3 % أو 8 ملايين حالة وفاة سنويًا في جميع أنحاء العالم إلى اضطرابات عقلية. قارن ذلك بالمعمرين في المناطق الزرقاء الذين يواصلون المساهمة في مجتمعهم، ويستمتعون برؤية الجيل القادم من نسبهم يعيشون قصصهم الخاصة. كلاهما يخضع لمجموعة متنوعة من الضغوطات، لكن مجموعة من الناس تختار التبني والعيش، بينما تختار مجموعة أخرى من الناس فقدان الأمل والموت.

والخبر السار هو أنه يمكن إدارة التوتر بعدة طرق. يمكن توجيه طاقة الإجهاد إلى المساعي المفيدة. قام العديد من الفنانين المشهورين بروائعهم في وقت أسوأ أحزانهم. لكل شخص موهبته الفريدة وموهبته واهتمامه، حيث يمكنه صب عواطفه بدلاً من التفكير والتحول إلى تدابير مدمرة للذات. يمكن لليقظة، التي تظهر على أنها تستمتع بتجربة اللحظة الحالية، مثل طعم الطعام، وبرودة النسيم، وجمال شروق الشمس أو غروبها، وصوت الموسيقى، وضحك الأطفال، أو نعومة ملاءات سريرك، أن تحول التركيز من المشاعر السلبية إلى التقدير، وحتى الوسط الهرموني والعصبي من هرمونات التوتر إلى الناقلات العصبية الجيدة.

التأمل هو طريقة أخرى مثبتة لترويض العقل. إنها طريقة نشطة لتهدئة الأفكار التدخلية للدماغ، وقد ثبت في العديد من الدراسات أنها تقلل من التفاعل مع المحفزات المجهدة، وتحسن الوظيفة الإدراكية، وتمنع التنكس العصبي. هناك العديد من الطرق للقيام بالتأمل ؛ يمكن القيام به بعيون مفتوحة أو مغلقة، مع موسيقى خلفية أو لا شيء. الخطوة الأولى هي الاستنشاق والزفير ببطء لمدة تصل إلى ثلاثة أنفاس. الهدف من ذلك هو خفض نشاط موجة الدماغ من موجة بيتا (12-30 هرتز) أثناء اليقظة وحالة التنبيه إلى موجة ألفا (8-12 هرتز) إلى موجة ثيتا (3-8 هرتز). إنه يشبه الحصول على الفوائد الصحية للنوم في الدماغ، بينما لا يزال مستيقظًا. يمكنك إغلاق عينيك والتركيز، أو فتح عينيك والتركيز على شيء ما، مثل طرف قلم رصاص، أو لوحة. إذا ظهرت أفكار متطفلة في عقلك، فقط دعها تمر مثل الغيوم دون حكم، لا كراهية، لا مفاجأة، لا تقارب. حافظ على تركيزك على هدفك. افعل ذلك لمدة 5 دقائق صباحًا ومساءً لإعادة تشغيل عقلك، وتحقيق فوائد التأمل المهدئة والعصبية.

لقد ثبت أن التمرين يمنع الاكتئاب ويعالجه، ويعزز المزاج واحترام الذات، ويحسن الإدراك، ويقلل من خطر الإصابة بالأمراض التنكسية العصبية. من حيث التغذية، يمكن أن توفر الأطعمة منخفضة مؤشر نسبة السكر في الدم مثل الكربوهيدرات المعقدة تأثيرات معتدلة ولكنها دائمة على كيمياء الدماغ، على عكس الحلويات التي توفر راحة

فورية ولكن مؤقتة. كما أظهرت أحماض أوميغا 3 الدهنية وفيتامين ب 12 والفولات والكالسيوم والحديد والزنك آثارًا مفيدة على الصحة العقلية والوقاية من الأمراض التنكسية العصبية. يمكن أن يؤثر النوم أيضًا على المزاج، كما هو موضح في التهيج والإرهاق العقلي والقابلية للإجهاد لدى الأفراد المحرومين من النوم، والذين يبلغون عن تحسن كبير في المزاج بمجرد استعادة إيقاع النوم.

العلاج الببليوغرافي هو استخدام الكتب لتسهيل تعافي المرضى الذين يعانون من مرض عقلي. إذا كان يفعل ذلك للمرضى المصابين بأمراض عقلية، فكم هو أكثر من ذلك بالنسبة للأفراد العاديين الذين يخضعون أيضًا لتجارب مماثلة مع شخصيات في الكتب التي يمكنهم الارتباط بها. قد يمهد الطريق للتنفيس النفسي عندما لا يستطيع الشخص التعبير عن إحباطاته ظاهريًا، يمكنه التعرف على شخصية وتقديم نظرة ثاقبة لفهم وضعه والحلول الممكنة. العلاج بالضوء هو طريقة أخرى، حيث يكافح التعرض لضوء الصباح لمدة 3-4 أيام على الأقل في الأسبوع آثار الاضطراب العاطفي الموسمي (SAD) أو التغيرات في المزاج بسبب التغيرات في الفصول.

لا يمكن التقليل من قيمة العلاقات الإيجابية والدعم الاجتماعي. يمكن أن تساعد الرعاية والحب والاحترام والتواصل المفتوح مع العائلة والأصدقاء الشخص على التغلب على أي مشاكل أو ضغوط أو محن قد يعاني منها. لقد ثبت أن الأشخاص الذين لديهم نظام دعم قوي محميون من مشاكل الصحة العقلية مثل الاكتئاب. كما هو موضح في المناطق الزرقاء، فإن الأسرة أو المجتمع المتماسك بإحكام مفيد لجميع الفئات العمرية - حيث يتمتع كبار السن بشعور مستمر بالهدف الذي يوجه ويدعم جيل الشباب، ويكتسب الشباب رؤى وحكمة ورعاية من الأجيال الأكبر سنًا.

فيما يلي مثال على مقياس الإجهاد المتصور، الذي طوره كوهين ومامارش وميلشتاين في عام 1983، لتقييم الدرجة التي يجد بها الأفراد مواقف حياتهم مرهقة. أدعوك إلى تقييم نفسك وتسجيلها، حيث تشير الدرجات الأعلى إلى ارتفاع التوتر المتصور. هذه مجرد نقطة انطلاق للوعي بمستويات التوتر لديك. إن استجابتك لهذا التوتر مهمة للغاية حتى لا تنتج إجهادًا عقليًا وجسديًا قد يضر برفاهيتك ؛ على العكس من ذلك، إنتاج استجابات صحية ومرونة وقدرة أكبر على التكيف.

Perceived Stress Scale (PSS-10)

Instructions:
The questions in this scale ask you about your feelings and thoughts during the last month. In each case, you will be asked to indicate how often you felt or thought a certain way.

In the last month, how often have you...

		Never	Almost Never	Sometimes	Fairly Often	Very Often
1	been upset because of something that happened unexpectedly?	0	1	2	3	4
2	felt that you were unable to control the important things in your life?	0	1	2	3	4
3	felt nervous and "stressed"?	0	1	2	3	4
4	felt confident about your ability to handle your personal problems?	4	3	2	1	0
5	felt that things were going your way?	4	3	2	1	0
6	found that you could not cope with all the things that you had to do?	0	1	2	3	4
7	been able to control irritations in your life?	4	3	2	1	0
8	felt that you were on top of things?	4	3	2	1	0
9	been angered because of things that were outside of your control?	0	1	2	3	4
10	felt difficulties were piling up so high that you could not overcome them?	0	1	2	3	4

في هذه المرحلة، أدعوكم إلى التفكير في ما يلي:

1. كيف تشعر اليوم ؟
2. ما هي ضغوطاتك ؟
3. هل أنت واثق من قدرتك على إدارة ضغوطك ؟
4. ما هي الأدوات التي يمكنك استخدامها لإدارة إجهادك بشكل فعال ؟
5. كيف يمكنك الوقاية من الاكتئاب والقلق ؟

الفصل التاسع - علم النفس الإيجابي

"القلب الخفيف يعيش طويلاً." - شكسبير

يستكشف هذا الفصل الركيزة الأخيرة، ولكن ربما أفضل ركيزة لطب نمط الحياة. إذا كان هناك أي تغيير سلوكي آمل أن يتردد صداه في حياة القراء بعد إغلاق هذا الكتاب، فهذا هو ـ أننا قد نزدهر ونزدهر في حياتنا، ونحقق السعادة والرضا وطول العمر.

يتعامل علم النفس الإيجابي مع علم الأداء البشري والازدهار على مستويات متعددة، من الأبعاد البيولوجية والشخصية والعلائقية والمؤسسية والثقافية إلى الأبعاد العالمية للحياة (Seligman, M and Csikszentmihalyi M, 2000). وهو يؤكد على نقاط القوة والفضائل التي تمكن الأفراد وكذلك المجتمعات والثقافات والمنظمات من الازدهار، بدلاً من التركيز على المشاكل ونقاط الضعف والمسؤوليات والاختلالات. على هذا النحو، كان متوافقًا مع الرفاهية الجسدية والعاطفية والاجتماعية، ويرتبط بالسلوكيات التي تؤدي إلى الصحة وطول العمر. في دراسة أجراها كانسكي ودينر في عام 2017، أشاروا إلى أن الأشخاص الأكثر سعادة يميلون إلى ممارسة الرياضة، واستخدام أحزمة الأمان، وتناول الطعام الصحي والمغذي، وتجنب تعاطي الكحول والتدخين المحفوف بالمخاطر. هذه السلوكيات الصحية بدورها تزيد من السعادة واحترام الذات والتأثير الإيجابي، وتطلق دوامة تصاعدية من نمط الحياة الصحي والسعادة.

ما هي السعادة حقًا ؟ إن الشوق إلى الشعور بالرضا هو جزء لا يتجزأ من النفس البشرية، ومعظم أنشطتنا، إن لم يكن كلها، موجهة لإنتاج مشاعر المتعة والفرح. إحدى الكلمات الإيطالية التي تعني "سعيد" هي "المحتوى"، والتي تصور الطبيعة المتأصلة للسعادة. على الرغم من أن الأشياء أو الممتلكات أو الأحداث المادية قد تثير لحظات قصيرة من الغبطة، إلا أن السعادة تأتي من الداخل. استكشف أرسطو طريقتين لتجربة السعادة في أطروحاته الأخلاق النيشوماخية والأخلاق اليوديمية. في المتعة، السعادة هي تعظيم المتعة من خلال إعطاء الأولوية للتجارب الممتعة. من ناحية أخرى، وفقًا له، هناك شكل من أشكال السعادة يتحقق بتحقيق الذات والعيش وفقًا لفضائل الفرد، ويؤدي إلى الازدهار على المدى الطويل. وهذا ما يسمى (eudaimonia (eu - true، daemon - lesser god، وهو نشاط أو نمط حياة ثابت لتطوير أفضل نسخة من أنفسنا، وتعظيم إمكاناتنا، والعتاد نحو التميز.

طور عالم النفس والمعلم الأمريكي مارتن سيليجمان إطارًا للسعادة والرفاهية يسمى نموذج بيرما، والذي يتكون من:

العواطف الإيجابية

الإدارة

العلاقات الإيجابية

Meaning، و

إنجاز

تشمل المشاعر الإيجابية القدرة على الشعور بالرضا والسعادة والتفاؤل بالنتيجة النهائية للأحداث على الرغم من التحديات. يتم استيعاب المشاركة، التي تشبه حالة "التدفق" بشكل كامل في الوقت الحاضر من خلال القيام بنشاط يستمتع به المرء، مثل الرقص أو الرسم أو حل مشكلة أو لغز الرياضيات أو التصميم أو إجراء الجراحة أو العزف على آلة موسيقية يبدو أن الوقت يطير. توفر العلاقات العميقة وذات المغزى الدعم في الأوقات الصعبة وتلبي حاجة الإنسان الفطرية للترابط والتواصل الاجتماعي. المعنى، أو الوجود الهادف يستفيد من نقاط قوة المرء لغرض أكبر من نفسه مثل رعاية الأسرة، أو خدمة البشرية، أو عبادة الخالق. أخيرًا، يعمل الإنجاز، أو الشعور بالإنجاز، على شيء يتطلع إليه ويمكن أن يعطي إحساسًا بالفخر والوفاء.

في دراسة تنمية البالغين بجامعة هارفارد التي بدأت في عام 1938 ولا تزال مستمرة، وجدوا أن العامل الوحيد الأكثر أهمية المرتبط بالسعادة والصحة وطول العمر هو التواصل الاجتماعي الإيجابي. في التجارب الإيجابية المشتركة اليومية مثل مشاركة الضحك، والاستجابة الإيجابية من صديق أو شريك، يتم تعزيز الجهاز العصبي السمبتاوي، وزيادة مستويات الأوكسيتوسين، وزيادة تقلب معدل ضربات القلب أيضًا، مما يقاوم آثار الإجهاد والجهاز العصبي السمبتاوي. كما تبين أن العلاقات الإيجابية ترتبط بالتعافي الأسرع من المرض، والأداء المعرفي العالي، والصحة العقلية والازدهار.

في هذه المرحلة، أدعوك إلى تقييم نفسك وفقًا لنموذج بيرما للسعادة والرفاهية. لا توجد إجابات صحيحة أو خاطئة، جيدة أو سيئة هنا، لأن هذا سيكون أساسًا للخطط المزدهرة التي ستنشئها لاحقًا ؛ وبالتالي، سيساعد إذا وضعت التاريخ. ما هو ضروري هنا هو التقدم الذي تواجهه أثناء عودتك إلى هذا، بالإضافة إلى التقييمات الذاتية الأخرى، بشكل دوري في نمط حياتك ورحلة طول العمر.

بيرما	الأسئلة	إجابتك

😟 😐 😊	هل تشعر أن حياتك تسير بشكل جيد بشكل عام ؟	العواطف الإيجابية	
😟 😐 😊	هل تشعر بالحماس لما تفعله، ويبدو في بعض الأحيان أنك تفقد الإحساس بالوقت ؟	المشاركة	
😟 😐 😊	هل تشعر بالدعم والرضا في علاقاتك ؟	العلاقات	
😟 😐 😊	هل تشعر أنك كل يوم تقوم بمهمة فريدة لك ؟	المعنى	
😟 😐 😊	هل أنت قادر على تحقيق ما تنوي القيام به كل يوم ؟	الإنجاز	

قد يُنظر إلى السعادة على أنها ملحق بشري، مثل العضلات أو الدماغ، الذي ينمو أثناء استخدامه وممارسته. إذن، كيف نمارس السعادة ؟ هل علينا أن نجبر أنفسنا على الشعور بالسعادة حتى لو شعرنا بالملل أو إذا جرحنا أو جرحنا ؟ ربما لا، من أجل السعادة، عندما تزرع بشكل صحيح سوف تنبع تلقائيا من القلب. ومع ذلك، يمكننا ممارسة السعادة من خلال تنمية الامتنان. في نهاية كل يوم، اكتب ثلاثة أشياء على الأقل خلال اليوم تشعر بالسعادة بشأنها. عادة ما يشمل أطفالي أشعة الشمس الصباحية والقهوة، والمرضى الذين تفاعلت معهم وشفيتهم كل يوم، وأطفالي الذين أحضرتهم بأمان من وإلى مدرستهم والذين يشعرون أيضًا بالسعادة والإلهام والرضا والأمان لأن لديهم والدتهم، ومشاهدة غروب الشمس على كرسيي الهزاز في الحديقة أثناء قراءة رؤية حياتي.

هل يمكنك كتابة 5 إلى 10 أشياء في أي جانب من جوانب حياتك أو نفسك تشعر بالسعادة حيالها ؟ تدرب على ذلك لمدة 15 دقيقة كل ليلة قبل النوم لمدة شهر على الأقل وقيّم مدى سهولة أن تكون سعيدًا و "راضيًا" بملذات الحياة البسيطة.

هذه أسعدتني اليوم:

- _____
- _____
- _____
- _____
- _____
- _____
- _____
- _____
- _____
- _____

جانب آخر مهم من السعادة والازدهار هو الأمل، وهو حالة ذهنية متفائلة تستند إلى توقع نتائج إيجابية. ضع في اعتبارك شخصين بدينين، مارا وفيث، نفس وزن الجسم، ومؤشر كتلة الجسم، ونظام الدعم الاجتماعي، والقدرات. على مقياس من 1 إلى 10، ليس لدى مارا أي أمل في استعادة لياقتها، في حين أن الإيمان لديه 10، من سيمارس المزيد من التمارين، ويأكل أقل، ويبحث عن المزيد من الطرق لتحقيق الهدف ؟ في مقياس الأمل للبالغين الذي طوره ريك سنايدر في عام 1991، يتم تقسيم الأمل إلى قوة الإرادة (الوكالة)، وهي قدرتك الجوهرية أو دافعك (أستطيع)، وقوة الطريق (المسار)، والتي تمثل دعمك الاجتماعي ووسائل تحقيق أهدافك. دعنا نجري تمرينًا بسيطًا: تخيل أحد أهدافك، ولتبسيط المقياس، كيف تقيم نفسك على مقياس من 1 إلى 10 من حيث قوة الإرادة وقوة الطريق ؟

قوة الإرادة 0 1 2 3 4 5 6 7 8 9 10

WAYPOWER 10 9 8 7 6 5 4 3 2 1 0

بعد التفكير في الأشياء التي تشعر أنك مبارك في الحياة من أجلها، وأمل ثمارها وخططها للمستقبل، أدعوكم إلى وضع خطة مزدهرة سنويًا، وفقًا لعناصر نموذج بيرما. فيما يلي مثال على ذلك:

العواطف الإيجابية	سأستمر في الاستمتاع بأشعة الشمس الدافئة كل صباح، ومشاهدة غروب الشمس في فترة ما بعد الظهر أثناء مراجعة خططي بأمل وامتنان. سأستمر في الحب، وأشارك الهتافات الطيبة مع كل شخص أقابله. سأستمر في الاستماع إلى الموسيقى الراقية والمهدئة.
المشاركة	سأفعل المزيد مما يجعلني سعيدًا، مثل الرسم وكتابة الشعر والرقص.
العلاقة	سأستمع إلى أطفالي وأفهمهم وأقضي المزيد من الوقت معهم.
المعنى	سأعامل مرضاي بأقصى قدر من الرعاية والخبرة

والاحترام.	
سأنهي هذا الكتاب، وأواصل تأليف الكتب التي ستفيد القراء.	الإنجاز

خطتي للازدهار

خطتي	الحالة	
	Launched	العواطف الإيجابية
	In progress	المشاركة
	Launched	العلاقة
	In progress	المعنى

خطتي	الحالة	
	Not started	الإنجاز

الفصل العاشر - الخاتمة

"يجب على الرجل الحكيم أن يدرك أن الصحة هي أثمن ممتلكاته." - أبقراط

إنها في الواقع مسؤولية كل إنسان تجاه نفسه والمجتمع أن يعتني بصحته. الصحة، على النحو المحدد من قبل منظمة الصحة العالمية، ليست مجرد غياب المرض أو العجز، ولكن حالة من الرفاه البدني والعقلي والاجتماعي الكامل. في حين انتصر الإنسان إلى حد ما على التهديدات المعدية للصحة من خلال التطعيم ومضادات الميكروبات، فقد تحول التهديد الآن إلى نمط حياة الإنسان المجهدة ولكن المستقرة التي تقصفها المواد الكيميائية الخطرة من الأطعمة فائقة المعالجة والمواد المسببة للإدمان مثل التبغ والكحول والمخدرات الأخرى. ومنذ ذلك الحين، يعاني المجتمع الحديث من أمراض مزمنة مثل السرطان وأمراض الشريان التاجي والسكتة الدماغية ومرض السكري، والتي لا تقصر العمر فحسب، بل تسبب المعاناة وتقلل من قيمة نوعية الحياة البشرية. على العكس من ذلك، هناك ثقافات مختارة كما هو الحال في المناطق الزرقاء التي تعزز أنماط حياتها طول العمر والإنتاجية حتى في غسق حياتهم بسبب نمط الحياة الصحي الذي نسجوه بشكل معقد في حياتهم اليومية.

ما هو سر طول العمر الآن ؟ لا مواد كيميائية فاخرة، لا حركة سحرية، لا تعويذة. كان الناس القدماء يعرفون هذا أفضل منا. إنه ببساطة العيش كل يوم مع النوم الكافي، والترطيب، والتغذية، والنشاط البدني، والتفاعل الاجتماعي. إنه أكثر من طرح بدلاً من إضافة أي مكون غير عادي. إنه تجنب المواد الخطرة مثل التبغ والكحول، والدهون المتحولة، والأطعمة فائقة المعالجة، والسكريات البسيطة، والإجهاد لفترات طويلة، والخمول البدني أو نمط الحياة المستقرة.

في فيلم الكونغ فو باندا، كان هناك مشهد عندما كان بو يسأل السيد بينغ ما هو المكون السري لحساء المعكرونة المكون السري... وكان المكون السري لا شيء! عندما حصل بو أخيرًا على لفيفة التنين التي من شأنها أن تمنحه القوة المطلقة، لم يجد سوى مرآة لنفسه. إذن، ما الذي سيعطينا القوة المطلقة ؟ إنها الخيارات التي نتخذها كل يوم - التحرك أو عدم التحرك، أو تناول الطعام الكامل، أو النظام الغذائي النباتي أو اللحوم المصنعة في علب، أو الحصول على قسط كاف من النوم أو حرق الزيت الليلي لموعد نهائي، أو إقامة علاقات ذات مغزى أم لا، أو الحصول على غرض أو الانجراف بلا هدف، أو التدخين أم لا. في

نهاية المطاف، فإن مخطوطة التنين هي مجرد هذه الخيارات التي نواجهها كل يوم، ولا تزال القوة المطلقة تكمن فينا.

تمت دراسة الركائز الست لطب نمط الحياة على نطاق واسع وتبين أنها تمنع وتعالج وتهدئ أمراض نمط الحياة مثل النوبة القلبية والسكتة الدماغية ومرض السكري والسرطان والتي تعد الأسباب الرئيسية للوفاة في الوقت الحاضر. الركيزة الأولى هي نظام غذائي نباتي كامل يوفر الفيتامينات والمعادن والألياف التي يحتاجها الجسم مع تقليل السعرات الحرارية والدهون، ليتم تناولها بعناية في فترة زمنية محدودة خلال اليوم. الركيزة الثانية هي متوسط 150 إلى 300 دقيقة من النشاط البدني المعتدل في الأسبوع، أو 75 إلى 150 دقيقة من النشاط البدني الثقيل في الأسبوع مما يعزز لياقتنا البدنية والقلبية الوعائية والعضلية والعقلية للقيام بأنشطتنا اليومية وهواياتنا وشغفنا دون تعب لا مبرر له. الركيزة الثالثة هي متوسط 7-8 ساعات من النوم التصالحي يوميًا الذي يجدد شباب الدماغ والعضلات البالية والأنسجة وأنظمة الأعضاء الأخرى. الركيزة الرابعة هي تجنب المواد الخطرة مثل التبغ والكحول وغيرها من العقاقير المسببة للإدمان التي تضعف قوة الإرادة من خلال التأثير على مسارات المكافأة وتغيير البيولوجيا العصبية وهيكل الدماغ، بحيث تتسبب الرغبة الشديدة والإدمان في نهاية المطاف في أنشطة خطرة وإهمال المسؤوليات الشخصية والاجتماعية. الركيزة الخامسة هي إدارة الإجهاد الذي لا مفر منه في الحياة اليومية، ولكن يمكن تكييف الجسم حتى لا يتوتر من الإجهاد من خلال أنشطة مثل التأمل، واليقظة، والنشاط البدني، والعلاج البيليوغرافي، والعلاج بالضوء، والترفيه. أخيرًا وليس آخرًا، الركيزة هي الترابط وعلم النفس الإيجابي، اللذان يستفيدان من نقاط القوة التي تجعل كل شخص أو مجتمع يزدهر ويزدهر من خلال المشاعر الإيجابية، والانخراط في الأنشطة التي تؤدي إلى حالة التدفق، والعلاقات الإيجابية، والمعنى أو الإحساس بالهدف، وإنجاز الأهداف المحددة.

بغض النظر عن مدى حسن نية النوايا والمخطط لنمط حياة صحي، يجب أيضًا مراعاة استعدادنا الفردي للتغيير. تشمل مراحل تغيير السلوك كما هو مفترض في النموذج النظري ما قبل التأمل، حيث لا يكون الشخص على دراية بعد بالحاجة إلى التغيير أو على استعداد للخضوع لأي نوع من التغيير. المرحلة التالية هي التأمل حيث يدرك الآن وينفتح على إمكانية التغيير ولكنه لا يزال يزن إيجابيات وسلبيات، وكيف وأسباب التغيير. والنجاح في ذلك هو مرحلة التحضير حيث يقوم الشخص بخطوات صغيرة لتغيير السلوك. المرحلة التالية هي مرحلة العمل حيث يقوم الشخص بتغيير السلوك لمدة 6 أشهر. فيما يلي مرحلة الصيانة حيث تم الحفاظ على تغيير السلوك لمدة 6 أشهر على الأقل. أخيرًا، في مرحلة الإنهاء، تم غرس السلوك في نظام الشخص بحيث لا تكاد تكون هناك إمكانية للانتكاس إلى نمط الحياة القديم غير الصحي. قد يكون كل شخص في أي من هذه المراحل في بداية البرنامج، وقد يتقدم بوتيرة مختلفة.

في هذه المرحلة، أدعوكم لملء الجدول التالي، ومرة أخرى تقييم استعدادكم، ومستوى الأهمية والثقة التي تضعونها على كل ركيزة من الركائز الست لطب نمط الحياة، والتخطيط وفقًا لذلك. تذكر أن خطة SMART محددة وقابلة للقياس وقابلة للتحقيق وواقعية ومحددة زمنياً. مراحل التغيير السلوكي هي، للتأكيد، ما قبل التأمل (لن أفعل)، والتأمل (قد أفعل)، والإعداد (أستطيع)، والعمل (أنا موجود)، والصيانة (ما زلت موجودًا)، والإنهاء (أنا موجود دائمًا). يتم قياس مستوى الأهمية والثقة الموضوعة على كل ركيزة بشكل مستقل، 1 غير مهم أو غير واثق، إلى 10 مهم في نهاية المطاف وواثق في نهاية المطاف. وأخيرًا، فإن الركائز الست لطب نمط الحياة هي النظام الغذائي النباتي الكامل، والنشاط البدني، والنوم التصالحي، وإدارة الإجهاد، وعلم النفس الإيجابي والترابط.

	خطتي الذكية	مرحلتي	مستوى الأهمية	مستوى الثقة
غذاء كامل، نظام غذائي نباتي				
النشاط البدني				
النوم التصالحي				

تجنب المواد الخطرة				
إدارة الإجهاد				
علم النفس الإيجابي والترابط				

كل يوم، قم بتتبع العادة حيث يمكنك وضع علامة وتذكيرك بعادات نمط الحياة الصحية التي ترغب في غرسها. تذكر أن الأمر يستغرق 21 يومًا لتشكيل عادة، و 21 شهرًا لتشكيل نمط حياة، لذا كن صبورًا مع نفسك. تمتع بأسلوب حياة صحي، وهتافات لحياة طويلة وذات مغزى وصحية وسعيدة!

Plant-based diet
30 min Physical Activity
7-8 Hours Sleep
Meditate, Recreation
Stop Smoking
Connect
My Healthy Lifestyle Habit Tracker
1
2
3
4
5
6
7
8
9
10
11
12
13
14
15
16
17
18
19
20
21
22
23
24
25
26
27
28
29
30
31

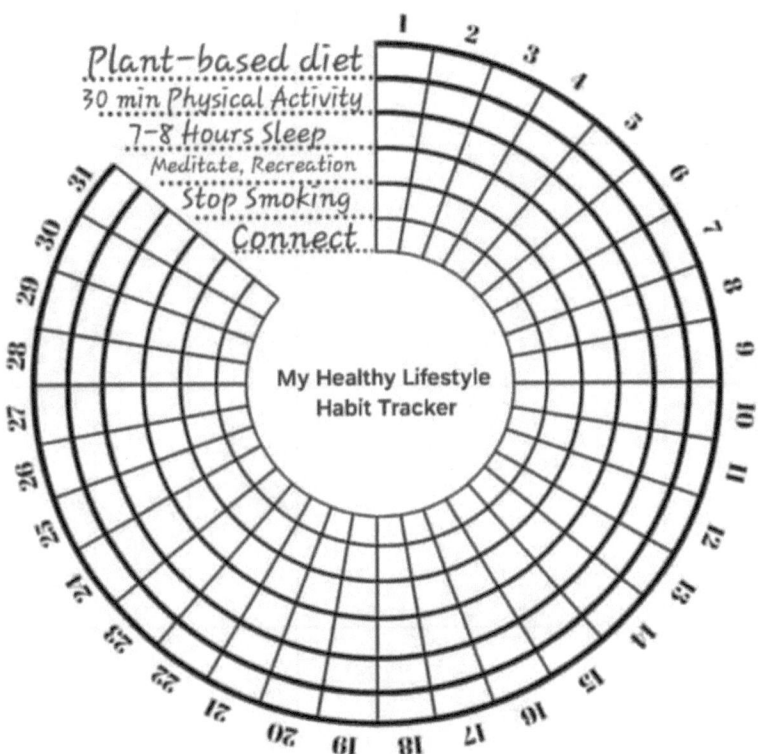

المراجع:

Camilleri M. Leaky gut: الآليات والقياس والآثار السريرية في البشر. القناة الهضمية. 2019 أغسطس ؛68(8):1516-1526. doi: 10.1136/gutjnl-2019-318427. EPUB 2019 10 مايو. معرف إدارة المشروع: 31076401 ؛ معرف إدارة المشروع: PMC6790068.

Colditz، G.، Hankinson، S. دراسة صحة الممرضات: نمط الحياة والصحة بين النساء. نات ريف كانسر 5، 388–396 (2005). https://doi.org/10.1038/nrc1608.

De Lorgeril M، Salen P، Martin J - L et al. حمية البحر الأبيض المتوسط وعوامل الخطر التقليدية ومعدل مضاعفات القلب والأوعية الدموية بعد احتشاء عضلة القلب (التقرير النهائي لدراسة قلب حمية ليون). 16 فبراير 1999. https://doi.org/10.1161/01.CIR.99.6.779. تعميم. 1999 ؛99:779–785.

هاشم زاده م.، رحيمي أ.، زاري فراشبندي ف.، علوي نايني أ. م.،

داي أ. النموذج النظري للتغيير السلوكي الصحي: مراجعة منهجية. إيراني J Nursing Midwifery Res 2019 ؛24:83-90.

هيرنانديز، روزالبا، وآخرون. الرفاه النفسي والصحة البدنية: الارتباطات والآليات والاتجاهات المستقبلية. مراجعة العاطفة المجلد. 10 رقم 1 (يناير 2018) 18–29 ISSN 0739-1754

DOI: 10.1177/1754073917697824. journals.sagepub.com/home/er.

https://foodrevolution.org/blog/eating-the-rainbow-health-benefits/. تم الوصول إليه في 27 يونيو 2024.

https://www.midlandhealth.org/Uploads/Public/Images/Slideshows/Banners/6%20Pillars%20-%20LMC.jpg. تم الوصول إليه في 27 يونيو 2024.

محمود إس إس، ليفي دي، فاسان آر إس، وانغ تي جي. دراسة فرامنغهام للقلب وعلم أوبئة أمراض القلب والأوعية الدموية: منظور تاريخي. لانسيت. 2014 مارس 15 ؛383(9921): 999-1008. EPUB doi: 10.1016/S0140-6736(13)61752-3.

2013 29 سبتمبر. معرف إدارة المشروع: 24084292 ؛ معرف إدارة المشروع: PMC4159698.

O'Donnell MJ Chin SL Rangarajan S et al. الآثار العالمية والإقليمية لعوامل الخطر المحتملة القابلة للتعديل المرتبطة بالسكتة الدماغية الحادة في 32 دولة (INTERSTROKE): دراسة الحالة والسيطرة. لانسيت. 2016 ؛ 388: 761-765.

Orlich MJ، Singh PN، Sabaté J، et al. الأنماط الغذائية النباتية والوفيات في دراسة صحة السبتيين 2. JAMA Intern Med. 2013;173(13): 1230–1238. doi:10.1001/jamainternmed.2013.6473.

Ornish D، Scherwitz LW، Billings JH، et al. تغييرات مكثفة في نمط الحياة لعلاج أمراض القلب التاجية. جاما. 1998 ؛280(23): 2001-2007. دوى:jama.280.23.2001/10.1001

الكلية الفلبينية لطب نمط الحياة. دورة كفاءة طب نمط الحياة 2023. https://www.pclm-inc.org/lifestyle-medicine-competency-course-overview.html.

مجموعة أبحاث برنامج الوقاية من مرض السكري (DPP)؛ برنامج الوقاية من مرض السكري (DPP): وصف التدخل في نمط الحياة. رعاية مرضى السكري 1 ديسمبر 2002 ؛ 25 (12): 2165–2171. https://doi.org/10.2337/diacare.25.12.2165

Uribarri J، Woodruff S، Goodman S، Cai W، Chen X، Pyzik R، Yong A، Striker GE، Vlassara H. المنتجات النهائية المتقدمة في الأطعمة ودليل عملي لتقليلها في النظام الغذائي. J Am Diet Assoc. 2010 Jun;110(6): 911-16.e12. doi: 10.1016/j.jada.2010.03.018. معرف إدارة المشروع: 20497781 ؛ معرف إدارة المشروع: PMC3704564.

منظمة الصحة العالمية. مجموعة أدوات لتقديم تدخلات التبغ الموجزة 5A و 5R في الرعاية الأولية. 2014. https://www.who.int/publications/i/item/9789241506946.

Yeh BI, Kong ID. ظهور طب نمط الحياة. J Lifestyle Med. 2013 Mar;3(1):1-8. Epub 2013 Mar 31. معرف إدارة المشروع: 26064831 ؛ معرف إدارة المشروع: PMC4390753.

51

يوسف، س وآخرون تأثير عوامل الخطر المحتملة القابلة للتعديل المرتبطة باحتشاء عضلة القلب في 52 دولة دراسة INTERHEART): دراسة الحالة والسيطرة 3 سبتمبر 2004 http://image.thelancet.com/extras/04art8001web.pdf.

نبذة عن المؤلف

روديسيا

روديسيا طبيبة فلبينية ومؤلفة ورسامة وأستاذة سابقة في الكيمياء الحيوية الطبية وشاعرة. احتلت كتاباتها المقعد الخلفي أثناء خدمتها في غرفة الطوارئ لما يقرب من عقدين كطبيبة. ساهمت لاحقًا في إنشاء كلية الطب كأمين عام مؤسس للكلية وأستاذ مساعد في الكيمياء الحيوية الطبية. خلال جائحة كوفيد-19، ساعدت في تطوير وتنفيذ بروتوكولات الاختبار والعزل وإدارة الحالات في شركة خاصة. وبصفتها كبيرة الأطباء، أعادت إحياء دار للولادة لحماية الأمهات الحوامل وحديثي الولادة من فيروس كورونا. وهي مكرسة حاليًا لكونها أمًا محبة لطفلين، وتساهم في رفاهية الآخرين من خلال الاستشارات عن بعد مع إعادة إشعال شغفها بالكتابة. وهي عضو في الكلية الفلبينية لطب نمط الحياة والجمعية الفلبينية لارتفاع ضغط الدم ودبلوماسية في الكلية الفلبينية للكيمياء الحيوية الأكاديمية.

AF080579

www.ingramcontent.com/pod-product-compliance
Lightning Source LLC
LaVergne TN
LVHW041550070526
838199LV00046B/1892
9789367953945